A. Dizeres

LE SALON POMPADOUR

COLLECTION « POCHE SUISSE »
dirigée par P.O. Walzer
et réalisée avec le concours de Pro Helvetia

Du même auteur
aux éditions Bernard Campiche

Les Passantes, nouvelles
Septembre, roman
Maroussia va à l'école, nouvelle
Le Temps des Cerises, roman

© 1990 Bernard Campiche éditeur.

SYLVIANE ROCHE

LE SALON POMPADOUR

ROMAN

EDITIONS L'AGE D'HOMME

Est-ce que j'appartiens encore à ce monde ancien
Où est la clef de tout cela Je vais Je viens
Faut-il toujours se retourner
Toujours regarder en arrière

       LOUIS ARAGON
       Les Mots qui ne sont pas d'amour
       in *Le Roman inachevé*

I

Rosine Cohen n'est pas jolie. Pas jolie du tout. Elle se penche vers son miroir, au-dessus de la table de toilette et elle soupire. Sa bouche est trop épaisse. Ses yeux sont d'un vert transparent et bordés de cils trop clairs qui lui donnent l'air d'un goret. Elle a deux boutons sur le menton. Mais le pire de tout, le plus désespérant, ce sont ses cheveux roux, frisottés, trop fins, trop rares, qu'elle vient de passer une heure à essayer de faire tenir en boucles régulières autour de sa tête. Elle a ôté les papillotes: certaines mèches pendent et d'autres tirebouchonnent d'une façon ridicule. La catastrophe est complète. Elle essaye de les coller avec de la salive. Elle se pince les joues pour se donner des couleurs, si fort et si rageusement qu'une trace violacée apparaît à gauche. Et si maintenant elle se met à pleurer, elle aura les yeux rouges et le nez aussi, ça sera vraiment complet... En plus, ses yeux sont gros. Pas grands, gros, à fleur de tête, avec des sourcils épais, masculins. Et juste au-dessus du sourcil gauche, bien visible, encore un peu rouge, une cicatrice récente. Elle y passe le doigt. Quelque chose d'amer emplit sa bouche, une sorte de salive piquante. Comme elle le déteste! Ces gros yeux pâles, ce sont les siens. Ces sourcils masculins, cette bouche épaisse, elle les lui doit aussi. Et surtout, elle lui doit cette cicatrice violette qui la défigure, qui lui rappelle chaque jour depuis six mois qu'elle le hait, qu'elle se vengera, que toute sa vie sera une vengeance.

Deux heures dix. Il faut qu'elle se dépêche maintenant. Cette montre en sautoir, avec deux petits diamants sur le couvercle! Elle l'ôte de son cou avec rage. C'est lui qui la lui a offerte, et elle ne veut pas se faire photographier avec. Elle se lève. Elle n'est pas trop mécontente de sa robe, c'est déjà ça. Elle est en soie bleue, parsemée d'un petit motif de croix blanches qui font comme des étoiles. Elle a de grandes manches un peu gigot et une sorte de drapé du corsage qui affine la taille. Le col montant est fermé par une broche, une barrette en diamants que lui a prêtée sa mère. Rosine se retourne devant la glace de l'armoire: vraiment, la robe, ça va. Elle est surtout fière de ce drapé, dont l'idée est d'elle. Ça fait la poitrine plus menue et la taille plus fine. Heureusement que, pour les robes, *il* n'ose pas donner son avis. La seule chose qui l'intéresse vraiment, c'est que cela soit *décent*. Que ça monte, que ça cache... Elle tente un dernier effort sur la frisette solitaire au milieu de son front... Sa mère entre sans frapper. On ne frappe pas aux portes chez les Cohen, parce qu'on est *entre soi* et qu'on n'a rien à cacher aux membres de sa famille. Rosine sursaute.

— Alors tu es prête? Je sais bien que ce n'est pas loin, mais il faut le temps d'y aller tout de même, et sans se presser. Tu ne vas pas arriver décoiffée et toute rouge chez le photographe.

Elle regarde sa fille :

— Ta robe est vraiment très bien. Cette couturière est parfaite, Marcelle avait raison. Tu ne peux pas tenir un peu mieux tes cheveux ? Ah vraiment, vivement qu'ils repoussent ! Elle s'interrompt et se mord les lèvres. Tu ne mets pas ta montre ? Cela ferait plaisir à ton père. Mets-la donc.

— Non, dit Rosine en prenant son chapeau.

Sa mère n'insiste pas. Cela la rend triste, mais elle n'ose rien dire. Elle pense qu'une jeune fille doit aimer et respecter son père. Mais elle, Pauline, aime-t-elle son mari ? Pauline Cohen se sent coupable. Parfois, elle se dit que c'est elle qui devrait avoir le caractère indomptable et révolté de sa fille. Mais elle n'y arrive pas. Ce n'est pas dans sa nature. Quand Rosine et son père se disputent, Pauline s'enfuit. Elle sent bien qu'elle est de trop, que ces deux-là n'ont besoin de personne, qu'ils s'entendent et s'accordent dans leurs querelles incessantes.

Rosine a fini d'écraser ses frisettes sous son chapeau à rubans. Pauline la rejoint dans l'entrée où la bonne l'aide à passer sa redingote. Rosine a de la peine à boutonner ses gants.

— Elle n'a pas de belles mains, pense Pauline avec tristesse. Elle a les doigts courts et boudinés, les poignets épais. Des mains de paysanne. De paysanne allemande.

Rosine est prête. Elle attend sa mère qui lui jette un rapide baiser sur le front avant de rabattre sa voilette.

— Tu es tout à fait mignonne, ma Rosette. Les photographies seront magnifiques et ton fiancé sera fier de toi.

Dehors il faisait beau et elles marchaient vite, étant presque en retard.

— Les jeunes filles bien élevées arrivent à l'heure, disait Pauline, mais ne fais pas des enjambées pareilles, on dirait un grenadier de la garde.

Le photographe s'appelait Monsieur Stanislas, *33 Rue de Rivoli, entre l'Hôtel-de-Ville et la Rue Saint-Jacques.*

Rosine ne sait plus si elle s'en souvient vraiment ou si, plus simplement, elle l'a lu encore dernièrement au dos de la photographie. C'était le photographe habituel de la famille, car il avait — comme l'indiquait l'annonce publicitaire imprimée au dos des tirages — des *procédés spéciaux pour les enfants.* Ainsi les six bébés Cohen s'étaient-ils tour à tour allongés sur le ventre sur la peau d'ours de son studio. Stanislas, photographe... Rosine revoit la toile peinte, la colonne brisée, les vieux jouets *pour les enfants*, le banc de bois peint *pour les familles*, les fleurs artificielles, *pour les fiancés.* Monsieur Stanislas était petit et malpropre. Il avait une façon de vous tenir le menton ou la main pour prendre la pose, qui était des plus désagréables. Il s'extasiait à chaque fois sur le temps qui passe et le miracle de photographier en habits d'écolière, une petite fille qui, hier encore gigotait à plat ventre sur ce coussin.

— Incroyable, Madame Cohen, quand je pense que l'autre jour vous me l'ameniez pour ses douze ans, et que la voilà aujourd'hui fiancée! Incroyable. Regardez ici ma mignonne. Là... Levez un peu la tête... Attendez, est-ce qu'on ne pourrait pas faire bouffer un peu les cheveux sur le devant? Bon, enfin tant pis. Ne bougeons plus...

« Finalement, le résultat était acceptable », pense Rosine. Elle tient entre ses doigts déformés par les rhumatismes une grosse loupe qu'elle approche de la photographie posée sur la table. « Je me trouvais très laide à l'époque, mais je n'étais pas si mal que ça. Mal fagotée surtout. » Elle se penche et scrute le jeune visage grossi par la loupe : au-dessus du sourcil gauche, la cicatrice est bien visible...

Quand elles sont arrivées chez Stanislas, un peu essoufflées tout de même, Henri était déjà là qui les attendait, correctement en avance. Il avait correctement baisé la main de Madame Cohen, et correctement hésité sur la manière de saluer Rosine. Depuis qu'ils s'étaient fiancés officiellement le dimanche précédent, ils ne s'étaient pas revus. Comment doit-on saluer sa fiancée ? Henri Heumann n'avait pas pensé à interroger sa mère sur ce point, et il était perplexe. Rosine, intimidée aussi, lui avait tendu la main.

— Tu n'embrasses pas ton fiancé, Rosine ?

Rosine, après avoir enlevé son chapeau pour les photographies, avait tendu son front, dressée sur la pointe des pieds.

Car Henri est grand. C'est ce qui, en lui, plaît le plus à Rosine. Un homme grand, pense-t-elle, c'est tout de même plus élégant, quand on marche à son bras pour aller à l'opéra. Dès qu'elle sera mariée, Rosine ira à l'opéra. C'est décidé. Henri adore la musique, *Lakmé*, *Faust*, *Manon*, *Les Pêcheurs de Perles*... Il joue du piano et il a une voix superbe. Rosine chante aussi. Le jour de leurs fiançailles, ils ont chanté *Adieu notre petite chambre* devant toute la famille. Rosine a déjà fait plusieurs dessins de la robe qu'elle mettra pour aller à l'opéra au bras de son grand mari. Il a au moins vingt-cinq centimètres de plus que son père. Il faut dire qu'Alexandre est quasi plus large que haut. Un rocher, pense Rosine. Mon père était une sorte de rocher carré. L'image lui plaît. Un rocher contre lequel on se brisait, comme l'avaient fait Marcel ou Guy. Avec lui, il fallait se soumettre ou se démettre... Depuis le fauteuil où elle est assise, par la fenêtre ouverte, elle voit la grande cour carrée de la maison. Pendant près de quarante ans, tous les matins vers dix heures, Alexandre passait le porche et traversait la cour. Il frappait avec sa canne contre la fenêtre de l'entrée.

— Madame, criait la cuisinière, voilà Monsieur votre père.

Elle lui apportait, dans un torchon humide bien propre, le quart de beurre qu'elle avait préparé. Rosine ouvrait la fenêtre et n'embrassait pas son père. Il disait « Bonjour fillette », et il prenait le beurre. Il ajoutait : « Tout va bien ? » et il repartait sans attendre la réponse tenant les quatre coins du torchon blanc, le pas de plus en plus lourd, la silhouette de plus en plus carrée, de plus en plus granitique. Dans les semaines qui avaient suivi sa mort, Rosine s'était sentie d'humeur bizarre, vers dix heures du matin.

Rosine a froid. Elle appelle Jeanne et la prie de fermer la fenêtre. Celle-ci proteste :

— Par ce beau temps ? Mais Madame, déjà que vous ne voulez plus sortir, si vous ne prenez même plus l'air à la fenêtre, qu'est-ce que nous allons devenir ?

Jeanne crie très fort car Rosine est sourde. Elle ne porte pas son appareil *parce que ça bourdonne*. La vérité est qu'elle aime sa surdité. Ça la repose. Elle utilise un cornet en ébonite qui fait rire ses petits-enfants. Mais elle n'en a pas toujours besoin. Parfois, elle entend très bien, parfaitement tout. D'autres fois, elle est totalement sourde et les gens s'époumonent en vain. Pourquoi cela? Rosine n'en sait rien. C'est comme ça. Parfois elle entend, et parfois non. Aujourd'hui, elle n'a vraiment bien compris que la fin de la phrase de la bonne, *qu'est-ce que nous allons devenir?* «Voilà une drôle de question», pense-t-elle.

— Mais ma pauvre Jeanne, que voulez-vous donc que je devienne, à mon âge? Je vais mourir, et voilà tout. Fermez donc cette fenêtre. Et apportez-moi un plaid.

— Madame ne devrait pas parler comme ça, dit Jeanne. Ce n'est pas bon pour le moral.

Mais Rosine n'entend pas. Elle écoute dans sa tête un baryton-Martin qui chante: «*Ma mère, je la vois, oui je la vois dans mon village...*»

Le dimanche suivant, Henri vint vers trois heures pour faire de la musique. D'abord Rosine se mit au piano et il chanta du Fauré. Pauline, qui chaperonnait, en avait les larmes aux yeux. Puis Rosine joua la grande valse de Chopin. Puis un nocturne. Henri toussotait:

— Permettez-moi... votre technique est excellente, mais il faudrait y mettre un peu plus de sensibilité... Excusez-moi...

Il avait pris sa place sur le tabouret et reprenait le nocturne avec des mines inspirées et des frisottis dans les doigts. Pauline regardait son futur gendre avec une admiration passionnée. Rosine regardait par la fenêtre la bonne d'enfants du deuxième qui traversait la cour en tenant une petite fille par la main. Elle pensait que sa première robe du soir serait en velours vert, un peu sombre. Elle avait peur de ne pas trouver de gants de chevreau à sa taille. Elle regardait ses grosses mains où brillait sa bague de fiançailles. Pour la pierre, Alexandre le diamantaire avait dû faire un prix à son futur gendre.

— Vous voyez, disait le futur gendre, ici, moi, je mettrais plus d'âme, plus de sentiment...

Il la regarda avec insistance et rougit un peu. Elle détourna la tête.

— Chantons, Henri, voulez-vous, le duo de *Roméo et Juliette*.

— A vos ordres, dit-il en souriant.

« C'est cela, pense Rosine, à mes ordres. A mes ordres. » Elle regardait son grand fiancé timide qui feuilletait une partition. Elle pensa aux cinq mois qui la séparaient encore du jour où elle quitterait pour toujours la maison d'Alexandre Cohen, les ordres d'Alexandre Cohen, le nom d'Alexandre Cohen. Henri préludait. Il lui sourit.

Roméo et Juliette... Mais Rosine Cohen, dix-neuf ans et neuf mois, n'est pas dupe. Elle n'aime pas ce garçon qu'elle a promis d'épouser au mois de mai. Et tant mieux. Cela lui évitera de subir le sort de Pauline Daltroff, épouse Cohen. Et elle sourit tendrement à son fiancé.

II

R OSINE tendit une tasse de café à sa cousine Emilienne.

— Vraiment, tu le prends sans rien? Même pas un peu de sucre?

Emilienne expliqua qu'elle aimait les choses fortes et authentiques depuis son voyage en Afrique du Nord.

— Que veux-tu, ma chère, cette expérience m'a transformée. Ce voyage, quel rêve! Quel conte de fée! Même si je vivais cent vingt ans, je ne l'oublierais jamais. Et l'accueil des indigènes! Comme on voit qu'ils aiment la France! Figure-toi...

— Je te préviens, avait dit Rosine à son mari avant l'arrivée des cousins Lévy, si Emilienne me fait le coup du voyage en Afrique du Nord, je fais une crise de nerfs.

Elle chercha le regard d'Henri, mais lui, en grande conversation avec le mari d'Emilienne, semblait très absorbé et ne la voyait pas. Elle se résigna et tendit les petits fours à sa cousine tout en jetant un regard satisfait autour d'elle. Décidément son nouveau salon lui plaisait infiniment: canapé et fauteuils étaient tendus de velours vieux rose. C'étaient de beaux meubles, derniers-nés d'une ligne qu'Henri venait de lancer après les travaux d'agrandissement du magasin et qui s'appelait Pompadour. L'idée était d'elle. Elle avait voulu, pour le nouvel appartement où ils allaient emménager, un mobilier neuf, du moins dans les pièces de réception.

— Et pour une fois, nous ferons mentir l'adage qui dit que les cordonniers sont toujours les plus mal chaussés.

Sur une gravure d'époque, elle avait repéré des meubles charmants, et vite convaincu Henri de les faire copier chez son meilleur fournisseur du Faubourg Saint-Antoine. Le résultat avait été superbe. En attendant que l'appartement soit prêt, les meubles avaient été exposés quelques jours au magasin, et ils avaient rencontré un tel succès qu'Henri avait eu l'idée de les faire reproduire, mais en quelques exemplaires seulement. L'idée du nom, Pompadour, était de Rosine également. En ces premiers temps de son mariage, il n'y avait pas de matin où, refermant la porte d'entrée après avoir embrassé sa femme, Henri ne se félicitât de l'avoir épousée.

Rosine aimait aussi le tissu à rayures ton sur ton qui tapissait les murs. Cela, c'était une audace qui avait laissé sa mère sans voix. Mais une fois le tissu posé, Pauline avait été obligée de reconnaître que *cela avait un certain genre*. Finalement, déménager et décorer le nouvel appartement avait occupé Rosine presque six mois. Elle y avait pris un plaisir immense, courant les fournisseurs, commandant aux tapissiers, aux peintres, aux encadreurs. Un soir, alors qu'Henri la félicitait sur son œuvre, elle avait murmuré :

— Tu sais ce qui serait gentil ? C'est que tu me permettes de travailler avec toi. J'aurais un petit bureau au-dessus du magasin. Je dessinerais des meubles, j'irais voir les fournisseurs, je conseillerais les clients...

Henri avait éclaté de rire.

— Voilà ma rêveuse qui rêve ! Toi, travailler ! Mais ce n'est pas convenable ! Que diraient les gens ? Et les clients ? Et tu te vois courant toute la journée les ateliers du Faubourg ? Et le soir, rue de Lappe, peut-être ?

Elle avait essayé de protester :

— Mais Henri, je suis sérieuse. Cela m'amuserait tellement. Et nous ferions des affaires, je t'assure...

— Allons, allons, je n'ai pas besoin de toi pour faire des affaires, et je ne t'ai pas épousée pour te mettre au turbin...

Il avait prononcé exprès ce dernier mot avec un comique accent faubourien et se mit à fredonner la scie à la mode :

— *Viens Poupoule, viens Poupoule, viens...* et joignant le geste à la parole, il avait attiré sa jeune femme contre lui. D'ailleurs, avait-il ajouté d'un ton concluant et un peu grivois, si tu t'ennuies, il est temps de te donner de l'occupation...

Il l'avait assise sur ses genoux et lui caressait sa jupe de lainage.

— Maintenant qu'on a une belle nursery, il serait temps de la meubler aussi, qu'en penses-tu ?

Sa moustache cherchait son cou, sa bouche.

— Hein, voilà un beau projet, dis, qu'en penses-tu ?

Rosine, qui avait oublié sa cousine, le thé et le voyage en Algérie, eut une sorte de tremblement convulsif.

— Tu as froid, s'écria Emilienne en interrompant son récit. Ne tombe pas malade, dans ton état, ça serait la dernière chose à faire.

— En effet, j'ai un peu froid. Elle se tourna vers son mari: Henri, peux-tu aller me chercher mon cachemire, s'il te plaît?

— Vraiment, Henri, voilà qui n'est guère galant, disait Emilienne d'un ton enjoué. Vous laissez votre femme prendre mal sans vous occuper d'elle. Il faut dire que la conversation de Jacques semble vous captiver. Elle se tourna vers Rosine: Hein, je me demande ce qu'ils se racontent depuis une heure. Quand je pense qu'on nous traite de bavardes!... Elle sourit: Non, d'ailleurs, je ne me le demande pas, je le sais. Elle apostropha Henri qui rentrait au salon, un châle à la main: Henri, je parie que Jacques est encore en train de vous parler de ce traître qui a été arrêté à l'état-major. Un capitaine. Elle se tourna de nouveau vers Rosine, sans voir le geste d'agacement de son mari: Oui, ma pauvre, figure-toi, on dit qu'il s'appelle Dreyfus, que c'est un juif de Colmar et Jacques et ses amis en font toute une histoire. Qu'est-ce que ça peut faire? Un traître, ce n'est pas le premier, non?

— Enfin, Emilienne...

— Non, non, Jacques, je sais très bien ce que tu penses. Tu as tort. Moi, ça m'est bien égal, n'est-ce pas, Rosine? C'est un juif, et alors? Je ne vois pas pourquoi nous devrions nous sentir concernés. C'est un traître, il n'y a qu'à le fusiller, et voilà. Moi, je ne sors pas de là, n'est-ce pas, Rosine?

— Oui, oui, bien sûr.

Rosine ne comprenait rien à cette histoire, et sa cousine lui rompait la tête. Elle avait beaucoup de peine à supporter son bavardage mais la fréquentait cependant assidûment car Emilienne était très chic. Elle avait quitté le quartier, elle habitait Avenue Bosquet et Jacques était avocat. Elle avait *adoré* le salon Pompadour et dégoté à Rosine une bonne qui savait servir à table.

— Eh bien Jacques, lui, n'en dort plus. Il prétend que la honte doit rejaillir sur nous tous. Je vous jure! Et... — elle cherchait un argument convaincant — et Bazaine, hein Bazaine, et bien sa trahison n'est pas retombée sur les Goys plus que sur les autres, que je sache! Elle répétait, triomphante: Hein, et Bazaine?

— Emilienne, dit Henri en souriant galamment, une charmante femme comme vous ne doit pas parler politique. Toutefois, je ne sais pas que penser. Il se tourna vers l'avocat: Mon cher, vous ne devriez pas lire *L'Intransigeant*, voilà tout... Et si nous faisions un peu de musique?

Il savoura comme un cadeau précieux le regard reconnaissant que lui jeta sa femme.

Le hasard voulut qu'Alice naquit le lendemain vers dix heures du soir, avec une quinzaine de jours d'avance sur la date prévue.

— Moi, répéta Emilienne pendant des années, on ne m'ôtera pas de la tête que c'est de notre faute si cette enfant est née avant terme. Cette histoire de Dreyfus avait tellement bouleversé Rosine! Je m'en voudrai toute ma vie!

Emilienne aimait jouer un rôle partout, même tragique. La naissance d'Alice surprit Rosine de deux manières: d'abord parce que ce n'était pas si pénible que cela. Elle était finalement plus dérangée par l'affolement général, Henri, la bonne, sa mère, sa belle-mère, que par la douleur. Et quand la sage-femme arriva enfin et prit les choses en main avec énergie, il lui sembla que tout se passait très vite.

— C'est que l'enfant n'est pas grosse et que Madame est solide, disait la sage-femme avec satisfaction.

Henri et Pauline pleuraient d'émotion au pied du lit. Alexandre venait d'arriver. Il avait serré la main de son gendre, et effleuré les cheveux de sa fille:

— Mazel Tov. Le garçon sera pour la prochaine fois, avait-il dit d'un air engageant. Mais cela mérite bien quand même un petit quelque chose.

Et il avait posé sur le lit un écrin bleu.

Rosine en était alors à sa deuxième surprise: la joie d'avoir une fille (alors que toute la famille, bien sûr, attendait un garçon). Elle venait juste de réaliser à quel point elle était contente et soulagée, à quel point la perspective d'avoir un fils l'avait angoissée pendant toute sa grossesse. Elle jubilait intérieurement et ne sentait presque plus sa fatigue. La remarque de son père, qui aurait dû la blesser, lui faisait plaisir parce qu'elle révélait sa déception. C'est à ce moment-là qu'elle eut pour la première fois envie de voir sa fille et de la serrer sur son cœur.

— Tu n'ouvres pas la boîte?

Le diamantaire ramassa l'écrin qui avait glissé dans les plis du drap, et cette fois le lui tendit directement. Rosine l'ouvrit: il contenait deux clous à oreille en diamant dont Alexandre fit immédiatement admirer le poids, l'eau, bref, la valeur, à son gendre. Depuis le mariage de sa fille, d'ailleurs, Alexandre semblait s'attendrir. Il avait dès le début approuvé le choix d'Henri Heumann, fils aîné d'une famille de commerçants du quartier, honorables et respectés, et suffisamment français pour constituer — après son propre mariage — un pas supplémentaire dans l'intégration du petit émigré de Trèves, mais dont les origines alsaciennes ne l'éloignaient pas trop tout de même de son univers. Il lui arrivait d'échanger, avec la vieille madame Heumann, la grand'mère d'Henri, des réflexions en allemand. Et cette Rosine qui lui avait causé tant de soucis dans son adolescence, semblait finalement ne pas s'en tirer si mal que cela. Quel dommage que ça ne soit pas elle le fils aîné, à la place de ce Marcel si falot qu'Alexandre essayait tant bien que mal d'initier à ses affaires! Tout à ses pensées, il avait répondu en bougonnant aux remerciements de sa fille et de son gendre.

— Puisses-tu les porter cent vingt ans!

Et il s'était reculé vers le fond de la chambre, parce qu'on apportait le bébé à sa mère et que la suite des événements ne l'intéressait plus. D'ailleurs la sage-femme était en train de jeter tout le monde dehors.

Après la toilette de la mère et du bébé, Rosine resta seule avec sa fille, couchée près du lit dans un petit moïse tout garni de plumetis et de tulle. Elle sentait sa fatigue, mais sans excès. Elle était rafraîchie par la toilette, une chemise de nuit et des draps propres. Elle regardait le berceau et se disait:

— C'est ta fille. Tu as une fille. Il y a un nouvel être sur terre, appelé Alice Heumann, née le 31 octobre 1894, et c'est ta fille.

Elle répéta plusieurs fois à haute voix:
— Alice Heumann.
Et elle s'endormit.

Elle se réveilla à l'aube, poursuivie par des cauchemars atroces. Le cri qu'elle poussa réveilla la garde qui somnolait dans un fauteuil. Les pommettes enflammées et les yeux brillants de l'accouchée l'alarmèrent immédiatement. Elle réveilla Henri et le pria d'aller chercher la sage-femme de toute urgence. On mit le moïse d'Alice dans la nursery. Ecrasée par les visions qui l'avaient arrachée de son sommeil, Rosine demandait à boire. Quand la sage-femme arriva, son diagnostic fut immédiat: fièvre puerpérale. Henri, à moitié fou d'angoisse, repartit en quête du Dr Berthollet qui, par bonheur, habitait l'immeuble voisin. Il félicita la garde d'avoir éloigné l'enfant et interdit tout contact avec la mère jusqu'à nouvel ordre. Il fallait se procurer une nourrice d'urgence. Il ordonna d'envelopper les jambes, les bras et le front de la jeune femme de linges humides et vinaigrés à changer toutes les heures. Pauline arriva bientôt avec la bonne qui était allée la chercher. Et on attendit. Le Dr Berthollet expliqua qu'il n'y avait rien d'autre à faire. Rosine avait parfois des crises de délire. Elle criait des mots sans suite, ou des phrases étranges comme:
— Pas le couteau, non pas le couteau!
Vers le milieu du deuxième jour, elle se réveilla en hurlant qu'elle était aveugle.
— Maman, maman, au secours! Je ne vois plus rien, c'est ce sang, tout ce sang dans les yeux!
On lui faisait boire de la fleur d'oranger. On renouvelait les enveloppements. Elle dormait en s'agitant et en rejetant ses couvertures.

— Il faut laisser agir la nature, disait le Dr Berthollet. C'est un combat. Madame Heumann est jeune et en très bonne santé. Je suis optimiste.

Henri ne se coucha pas pendant six nuits d'affilée. Pauline non plus ne quittait pas le chevet de sa fille. Tous les jours, Marcel venait prendre des nouvelles pour son père. Mais Alexandre ne parut pas. Alice, elle, n'avait rien attrapé du tout. Elle vivait dans la nursery avec sa nourrice alsacienne.

Rosine luttait seule contre un homme qui la poursuivait dans un couloir immense, un couteau à la main. Il la rejoignait et lui crevait les yeux. Elle se réveillait en hurlant, les mains crispées sur son visage, ne reconnaissant personne. La garde la forçait à boire, lui tamponnait le visage avec de l'eau fraîche, tandis que Pauline lui tenait les mains dans les siennes et murmurait:

— Ma petite fille, ma petite fille...

La septième nuit, elle dormit plus calmement. Au matin, la fièvre était tombée. Le Dr Berthollet déclara qu'elle était sauvée.

— Cela ne m'étonne pas, ajouta-t-il. Madame Heumann est solide.

Mais toutefois, il avait l'air préoccupé et s'entretint un long moment à voix basse avec Henri. S'il répondait de la vie de la malade, il était inquiet pour son équilibre psychique. La violence et la durée des crises de délire, leur aspect récurrent, toujours sur le même modèle, l'inquiétaient.

— Il faudra beaucoup de repos à votre femme. Ne pas trop la fatiguer avec le bébé.

La première chose qu'elle demanda, ce fut un miroir.

— Tu comprends, dit-elle à sa mère empressée, je veux voir si ça se voit.

— Si ça se voit, quoi ?

— Mais... mais tout ça, je...

— Le fait est, dit Pauline en prenant le miroir à manche d'ivoire sur la coiffeuse, que tu n'as pas très bonne mine ! Tu as été très malade et tu as beaucoup maigri.

Rosine scrutait son visage avec inquiétude :

— Oui, bien sûr, j'ai une mine affreuse. Oh Maman, j'ai l'air vieux, regarde-moi, un vrai squelette ! Mais ce n'est pas cela qui me préoccupe, je voulais voir s'il me restait beaucoup de cicatrices.

— Des cicatrices ? Mais de quoi ?

Mais Rosine ne savait pas. Elle retomba sur l'oreiller et ferma les yeux. Que lui était-il arrivé ? Quel accident ? Aucun souvenir.

Pauline fit signe à la garde de se rapprocher et sortit de la chambre. Henri, rassuré par le Dr Berthollet, était allé dormir. A ce moment, Pauline remarqua que Rosine n'avait demandé aucune nouvelle d'Alice.

Elle n'en demanda pas. Quand, le lendemain de son réveil, Henri lui demanda timidement (« Ne pas fatiguer votre femme avec le bébé », avait dit le Dr Berthollet) si elle ne désirait pas embrasser Alice, elle le regarda d'un air surpris.

— Alice ?

Elle avait tout oublié. Elle croyait avoir été victime d'un accident, et ne gardait aucun souvenir de l'accouchement ni de sa fille.

Bien plus tard, elle expliquait à ses amies :

— Mon mari m'a amené une nourrice alsacienne qui m'a dit *Ponchour Mâtâme*. Elle portait un bébé. On m'a dit que c'était ma fille. Quelle surprise !

Cette histoire la faisait alors beaucoup rire, et elle la racontait souvent en présence d'Alice qu'elle appelait *l'enfant trouvée de la rue du Foin*.

— J'ai dit à Henri: tu es sûr que tu ne veux pas me faire endosser l'enfant de la cuisinière (rires chatouillés des amies, cette Rosine, quelle extravagante!). Et il n'a pas trouvé cela drôle! Mais finalement, j'ai été convaincue, elle a la bouche et les cheveux de ma petite sœur Julie.

Parfois, Rosine pense à cette histoire. Elle se rappelle ce bébé étranger qu'elle tenait dans ses bras, ses efforts pour retrouver au fond d'elle-même le moindre souvenir de cette naissance que ses proches lui avaient racontée cent fois. Finalement, Alice lui est restée toute sa vie une étrangère. Elle n'a jamais vraiment pu accepter l'idée que cette enfant fût à elle, peut-être à cause aussi de ses étonnants yeux noirs qui ne sont à personne d'autre dans la famille.

Ce soir, parce qu'il est tard et que la nuit est tombée, Rosine pense à Alice avec une sorte de pitié coupable. Mais Rosine n'aime pas la nuit qui tombe. Elle recèle des fantômes plus terrifiants encore que les souvenirs disparus. Dans quel trou de sa tête sont-ils tombés à jamais, ces souvenirs? N'y a-t-il pas, derrière une ombre du couloir, un homme avec un couteau qui la guette? Rosine passe son vieux doigt déformé sur son front, au-dessus de l'œil gauche. Et puis elle appelle Jeanne.

— Faites-moi une bouillotte, s'il vous plaît, j'ai froid. Je crois que je vais me coucher tout de suite. Je n'ai pas faim. Vous m'apporterez juste une tisane au lit.

Grâce à sa robuste constitution qu'aimait à souligner le Dr Berthollet, Rosine se remit physiquement très vite. Trois semaines après son retour à la vie, elle mettait son chapeau et prétendait sortir seule pour faire quelques pas jusqu'à la Place des Vosges et s'asseoir sur un banc. La bonne et la nourrice, affolées, la suppliaient de n'en rien faire.

— Madame, disait Félicie, faites-le au moins pour nous. Si nous vous laissons commettre cette folie, Monsieur ne nous le pardonnera jamais. C'est notre congé assuré.

Rosine consentit à attendre l'arrivée de sa mère qui venait tous les jours après le déjeuner et la convainquit de l'accompagner faire un tour. Pauline céda, comme toujours. C'était un jour froid et ensoleillé. Rosine se sentait revivre.

Le soir, enchantée, elle raconta son escapade à Henri un peu inquiet tout de même. Et elle déclara en conclusion qu'elle était totalement guérie, qu'elle ne voulait plus jamais entendre parler de cette maladie et que, puisque décidément c'était la sienne, elle allait démailloter elle-même *l'enfant trouvée de la rue du Foin*. Henri, tout heureux de la voir ainsi rendue à la vie et à la maternité, la prit dans ses bras et lui couvrit le visage de baisers. Elle se dégagea gentiment.

— Mon Dieu, Henri, n'en profite pas! Ces hommes sont terribles, de vraies brutes.

Henri prenait l'air désolé, elle eut vraiment pitié de lui.

— C'est que je suis encore très fragile, comprends-le bien.

Elle se haussa sur la pointe des pieds pour lui faire un baiser sur le nez.

— J'aimerais bien que tu me joues quelque chose. Quelque chose d'un peu sérieux et reposant. Du Saint-Saëns, tu veux bien?

Et Henri, qui avait cru la perdre, aurait fait le beau sur le piano, si elle le lui avait demandé. Mais Rosine n'avait aucune envie de tourmenter son mari ni de le rendre ridicule. Elle ne l'aimait pas d'amour, c'était une chose entendue («Quoique, se dit parfois la vieille Rosine dans son fauteuil près de la fenêtre, qu'est-ce que ça veut dire, aimer d'amour?»), elle avait de la peine à surmonter l'aversion qu'elle éprouvait pour ses caresses matrimoniales, c'est un fait, mais elle admirait sa force et sa gentillesse, elle appréciait sa tendresse, l'amour qu'il lui portait. C'était un homme grand, plutôt séduisant et élégant, et il l'aimait, elle, avec ses gros yeux, ses cheveux maigres et ses mains rougeaudes. Elle voulait être, pour Henri une bonne, une irréprochable épouse, comme elle se jurait d'être une mère excellente pour *l'enfant trouvée de la rue du Foin*. Et elle entoura de ses bras le cou de son mari qui s'était assis au piano. Avec des mains comme les siennes, il la protégeait des pièges sombres du couloir.

— Je vous aime, murmura-t-elle dans son oreille.

III

Marcel Cohen était de taille moyenne. Plus grand que son père, il ne lui ressemblait pas, à part ces cheveux pauvres auxquels aucun enfant Cohen n'avait échappé. C'était l'aîné. Il avait trois ans de plus que Rosine. C'était son grand frère et elle l'aimait beaucoup. Il travaillait avec son père et cela n'allait pas sans mal. Parfois, s'il devait voir un client dans le quartier, il passait embrasser sa sœur. Pendant sa maladie, il était venu tous les jours. Marcel ne s'entendait pas avec son père, mais, contrairement à Rosine, il souffrait en silence.

— Quand je vois comment il traite Maman! Depuis que tu es partie, je crois que c'est pire. L'autre jour, il a envoyé promener la carafe de vin en essayant de flanquer une gifle à Julie. Il faut dire qu'elle n'y était pas allée avec le dos de la cuillère non plus. Elle avait dit tout haut à table que le chou était une nourriture de cochons!

Ils pouffèrent.

—Non? Eh bien dis donc, elle va fort.

— Oui. Marcel était redevenu sérieux. Mais Maman a essayé de s'interposer, parce qu'on a cru qu'il allait tuer la petite tellement il tapait, et le vin qui coulait sur le tapis, alors il a pris Maman par le poignet et...

Il était devenu tout pâle et sa bouche tremblait.

Rosine savait combien Marcel était fragile. Une fois, déjà, il avait avalé trop de laudanum et on avait craint plusieurs jours pour sa vie. Rosine n'avait jamais cru à l'erreur de dosage. Elle posa la main sur son bras.

— Ecoute, Marcel, ne te mets pas dans un état pareil. Tu devrais te marier, voilà ce que tu devrais faire. Te marier et quitter la maison.

Il hocha la tête.

— Je ne pourrai jamais me marier, Rosine. Je... Je ne peux pas t'expliquer, même à toi. Mais je ne suis pas normal, Rosine. Il lui prit les mains : Je ne suis pas normal.

— Qu'est-ce que tu veux dire ? Elle ne comprenait pas, ressentait une sorte de crainte à recevoir les confidences de son frère.

Il parlait à voix basse, sans la regarder, mais en lui serrant les mains de toutes ses forces :

— Parfois, la nuit, j'ai des cauchemars terribles. Je rêve que je le tue, lui. Ou bien que c'est lui qui veut m'égorger, alors je dois me défendre. Je me réveille épouvanté. Tu comprends, je ne peux dire cela à personne. Parfois, j'ai la conviction... il hésita un instant... j'ai la conviction d'être un assassin, un futur assassin.

Rosine, bouleversée, caressait la tête de son frère qui sanglotait sur son épaule. Elle fut à deux doigts de lui parler de l'homme tapi dans le couloir, mais renonça. Marcel avait besoin qu'on l'écoute, pas l'inverse.

— Tu devrais te reposer, dit-elle. Peut-être retourner dans cette maison de repos où tu avais été si bien il y a deux ans.

— Je suis neurasthénique, tu comprends, disait Marcel en se ressaisissant. Le Dr Noir le dit, ce n'est pas de ma faute, je suis neurasthénique.

Brusquement, il sortit sa montre de sa poche et poussa un cri:

— Quatre heures! Et j'ai encore deux clients à voir! Vite, mon chapeau!

Rosine le raccompagna jusqu'à l'entrée.

— Ne fais pas attention à ce que je dis, ajouta-t-il en fermant son pardessus. C'est de la neurasthénie, rien d'autre. Ce sont des crises.

Et il s'enfuit. Elle le vit par la fenêtre qui franchissait la cour en trois enjambées en maintenant son chapeau. Elle se sentait prise comme dans un filet.

— Mais qu'est-ce que nous avons tous?

Cette visite de Marcel lui laissa une impression angoissante, comme d'un malheur inévitable. Son grand frère, son complice, son compagnon de jeux, glissait vers quelque chose d'irrémédiable.

Un matin de janvier 1898, la bonne le trouva étendu sur son lit. Il s'était tiré une balle dans la bouche, après avoir laissé à sa mère une lettre que les médecins jugèrent incohérente. Il lui demandait pardon et lui expliquait que, pour lui, il valait mieux en finir *avant de commettre d'autres crimes*. Rosine était enceinte pour la troisième fois, et à nouveau, on craignit pour sa vie. Mais, cette fois encore, elle s'en tira apparemment et conserva toute sa vie l'habitude de s'adresser à Marcel avant de s'endormir pour lui raconter sa journée et lui demander des conseils.

A tous ces morts qui bientôt vont jalonner sa vie, Rosine pense souvent, maintenant qu'elle est vieille. Mais c'est à Marcel qu'elle pense davantage. Elle se demande la tête qu'il fera quand il reverra sa petite sœur sous les traits de cette vieille femme toute percluse de rhumatismes. Lui qui doit être resté le jeune homme de trente ans qu'il était... Et puis elle se ravise : mais non. Il m'a certainement vue vieillir. On voit tout, de là-haut... Et cinq minutes passent, où elle reprend son livre, *Le Crime de Sylvestre Bonnard*, qu'elle aimait tant dans sa jeunesse. Mais ses yeux se fatiguent vite et elle a du mal à tenir le livre dans ses doigts gourds. Alors elle le pose à nouveau sur ses genoux et se traite de vieille folle.

— Une sacrée vieille folle, n'est-ce pas, mon pauvre Marcel?

La première sortie de Rosine, après la naissance d'Alice et sa maladie, fut, en janvier 1895, un dîner chez Emilienne. Rosine y tenait beaucoup, car les Lévy fréquentaient un tas de gens intéressants, tout à fait *hors quartier*. Des avocats, des médecins, des professeurs agrégés. Et pas uniquement des juifs.

—Ça suffit avec la barbe des réunions de famille, disait Emilienne, et, tournée vers Rosine : toi exceptée, ma chérie, of course.

La conversation avait roulé une grande partie de la soirée sur l'événement de la semaine: la dégradation de Dreyfus à l'Ecole militaire.

— Décidément, dit Emilienne à sa cousine, il y a un sort. A chaque fois que nous nous voyons, nous parlons de ce malheureux Dreyfus. Vous allez croire que nous le faisons exprès.

Puis, baissant la voix, et coulant un regard de côté vers son mari:

— Jacques est très bouleversé, obsédé par cette histoire. Il faut dire qu'il y a des faits troublants...

Jacques avait assisté par hasard à la terrible cérémonie. Passant devant l'Ecole militaire qui était à deux pas de chez lui, il avait été arrêté par la foule et les hurlements qu'elle poussait.

— Les cris habituels de *Mort aux juifs, mort à Judas*, expliquait-il, un peu pâle. J'ai même entendu une femme dire: *C'est plus excitant que la guillotine.*

— Quelle horreur!

— Les infamies verbales des antisémites ne nous font plus peur depuis longtemps, poursuivit Jacques. Drumont ne manque ni de lecteurs, ni d'imitateurs... Mais ici, il y avait autre chose. Je me suis approché des grilles, j'ai entendu le général Darras dire: *Alfred Dreyfus, au nom du peuple français, nous vous dégradons*, ou quelque chose de ce genre.

— Mais, mon cher, c'est un traître, rien n'est plus normal, remarqua Mᵉ Baumann, un collègue de Jacques, que toute cette histoire mettait fort mal à l'aise.

— Eh bien justement, rétorqua Jacques, justement. Ce traître, je l'ai entendu crier *Je suis innocent! Vive la France!* Je l'ai vu. Et je l'ai bien regardé. Je suis avocat, j'ai l'habitude et je suis sûr, mon cher

Baumann, que vous auriez pensé comme moi : mes amis, cet homme est innocent.

Jacques avait parlé d'un ton d'émotion qui sentait un peu le prétoire. L'assistance en avait été impressionnée tout de même. En bonne maîtresse de maison, Emilienne essaya de dissiper cette atmosphère grave, fatale au ton de sa soirée.

— Bon. Voilà Jacques qui plaide. Il est pire que Perrin Dandin. Je crois toutefois que nous avons le temps de manger le dessert avant le verdict !

Mais l'impression était restée malgré tout, et Dreyfus était reparu au café. Rosine ne parlait pas beaucoup. Elle écoutait, surprise. Chez les Cohen, l'antisémitisme ordinaire était considéré comme un fléau inévitable, une sorte de catastrophe naturelle dont il fallait se tenir à l'écart en restant le plus possible entre soi. Il fallait éviter non seulement les antisémites, mais encore — et surtout — ces juifs trop voyants venus d'Europe centrale avec des accents et des habitudes de barbares, et qui commençaient à infester le quartier. Ils étaient sales, bruyants, arriérés. Leurs femmes portaient des perruques, et leurs enfants étaient mal tenus. Ils arrivaient par vagues, s'installaient rue des Rosiers, rue des Ecouffes, rue du Roi-de-Sicile. Le boulanger, maintenant, s'appelait Itziak ou quelque chose comme ça, et sa femme ne parlait pas un mot de français. Mais ses bretzels étaient un délice, ses kouglofs aussi. Parfois, quand Rosine accompagnait la cuisinière pour acheter de la charcuterie de bœuf salé et fumé pour la choucroute kascher chez l'Alsacien de la rue des Rosiers, elle avait honte devant la *chikse* de tous ces êtres bizarres qui marchaient en bredouillant, les franges de leur châle de prière dépassant de leur redingote crasseuse.

«Vraiment, pensait Rosine, ils donnaient presque raison aux antisémites!»

— Il faut dire qu'avec tous ces Polaks, dit-elle, on peut comprendre certaines réactions. Nous qui habitons le quartier...

L'assistance avait approuvé. Mais Dreyfus, ce n'était pas pareil! C'était un Français, lui, et pas n'importe lequel: un Alsacien! Les Alsaciens n'étaient-ils pas plus Français encore que les autres? Et un officier par-dessus le marché, un officier d'état-major! Jacques s'emballait.

— Justement, mon cher, risqua Me Baumann, c'est une responsabilité supplémentaire...

— Mais puisque je vous dis qu'il est innocent! J'en suis absolument sûr!

Le ton montait presque. Les deux couples non juifs, un professeur de philosophie, ancien condisciple de Jacques, et sa femme, et un professeur de droit célèbre pour ses opinions avancées, commençaient à prendre un air gêné. Emilienne sentit la nécessité absolue d'intervenir à nouveau. Elle parvint, non sans peine, à garder le contrôle d'une conversation qui semblait aimantée vers le point dangereux. A peine avait-elle évoqué leur voyage en Afrique du Nord, qu'on se remit à parler déportation, relégation, Cayenne... Emilienne était épuisée. D'ailleurs, le cœur n'y était plus. Un malaise subsistait entre les invités. L'Affaire faisait son entrée dans la vie mondaine en gâchant, première d'une très longue liste, la soirée d'Emilienne Lévy. Les invités ne tardèrent pas à prendre congé. Quand ils furent partis, Emilienne se laissa tomber dans un fauteuil.

— Ah je le retiens ton Dreyfus, dit-elle en prenant cet accent vulgaire qui lui échappait parfois en privé, avec tout le mal que je me donne pour élargir mon salon! Et tu viens tout flanquer par terre avec ta politique! Et une conversation sur les juifs par-dessus le marché! Devant Bouillot et sa femme!

Ce n'est que quelques mois plus tard, quand Jacques se fut engagé à fond aux côtés de Matthieu Dreyfus, qu'Emilienne comprit le parti mondain qu'elle pouvait tirer de la situation, et fit de l'Avenue Bosquet un des premiers salons dreyfusards de Paris.

Pour Rosine, l'Affaire devait aussi jouer un rôle important dans sa vie, quoique d'une autre nature. En sortant de chez Emilienne, après cette soirée, elle se sentait bizarre, inquiète, angoissée. Dans le fiacre qui les ramenait rue du Foin, elle ne parvint pas à articuler une parole.

— Tu n'es pas encore vraiment remise, dit Henri. Cette soirée t'a fatiguée.

Elle s'appuya lourdement sur son bras pour traverser la cour. Dans leur chambre, pendant qu'elle se déshabillait, elle éclata brusquement en sanglots. Henri se précipita vers elle, alarmé.

— Oh, Henri, je ne cesse de penser à cette affreuse histoire de Jacques. Ce Dreyfus, Jacques dit qu'il est innocent, c'est horrible. Et sa femme, et ses enfants... Et ces gens qui criaient *Mort aux juifs*... Henri, crois-tu vraiment que des gens comme nous, des Français comme nous, peuvent nous détester, vouloir nous tuer, juste parce qu'on est juifs? Crois-tu qu'il puisse y avoir des émeutes, comme en Russie? Tu te rappelles ce qu'avaient raconté ces cousins de Caroline Mankiewicz qui partaient pour l'Amérique? En Russie, les Cosaques, d'accord... Mais en France, ce n'est pas possible!

Henri serrait sa femme contre lui, lui caressait les cheveux. Il la sentait petite et apeurée dans ses bras. Depuis la naissance d'Alice, c'était la première fois qu'elle s'abandonnait ainsi. Le Dr Berthollet lui avait bien ordonné la prudence et la modération, mais Henri perdait un peu la tête. Les accès de tendresse de Rosine étaient si rares. Si terriblement rares en trois ans de mariage qu'il ne se sentait pas le courage d'être ni modéré, ni prudent. Il murmura dans ses cheveux :

— Non, ma chérie, en France ça n'est pas possible, tandis que, d'une main, il défaisait les cordons du déshabillé de soie rose.

IV

— Je suis une Communarde, avait l'habitude de dire Rosine faisant allusion à sa naissance, en pleine Semaine Sanglante.

Thérèse, elle, née neuf mois jour pour jour après la dégradation de Dreyfus, fut surnommée *La Dreyfusarde*. La grossesse fut difficile, si proche de la précédente. Rosine passa de longs mois allongée. Henri, éperdu de culpabilité pour avoir de façon si ostensible enfreint les consignes du Dr Berthollet, était aux pieds de sa femme qui prit l'habitude de le tyranniser tout à fait. Elle avait souvent des cauchemars et des crises d'angoisse. Elle refusait d'embrasser Alice pendant trois jours, puis passait ensuite des heures à la cajoler en sanglotant et en murmurant: *Je suis coupable. Si coupable...* Le sort de Dreyfus à l'Ile du Diable la torturait comme une affaire personnelle. Elle écrivit en secret à Lucie Dreyfus pour l'assurer de sa sympathie. Mais elle ne connaissait pas son adresse et n'osait pas se renseigner. Elle rangea donc la lettre dans un tiroir de son secrétaire et l'oublia.

Plusieurs années plus tard, pour la naissance de Paul, son second fils, Henri lui offrit ce petit bijou de meuble signé Boulle dont elle rêvait et qu'il avait eu pour une bouchée de pain grâce à ses relations dans le marché des antiquités. Elle décida d'offrir l'ancien secrétaire à Alice qui venait d'entrer à l'école primaire, et retrouva la lettre en vidant les tiroirs. C'était en 1901, plus d'un an après la grâce et la loi d'amnistie. Elle la montra triomphalement à Henri à qui elle avait, tout au long de l'Affaire, reproché sa tiédeur.

Henri, en effet, s'était montré prudent, et pour tout dire, pusillanime. Alors que Jacques Lévy s'engageait dès la première heure, lui, avait consacré toutes ses forces à rester en dehors des débats, rejoignant en cela son beau-père. Alexandre gardait au fond de sa mémoire certains souvenirs allemands dont il ne parlait jamais. En 1856, il était arrivé seul à Paris, venant de Trèves. Il avait douze ans. Depuis, il se sentait, comme dit le proverbe yiddish, *heureux comme Dieu en France*, et cette histoire de juif traître lui donnait des frissons de terreur. Il était français, maintenant, et même décoré, ayant durement payé sa part en 1870 contre les Prussiens. La plupart de ses relations le croyaient Alsacien. Alors il baissait la tête, et priait pour que l'orage épargnât sa tranquillité récente et son commerce de diamants.

Henri, lui, ne pouvait admettre que l'armée se trompât, ni qu'elle trompât sciemment le peuple français. Quand le bruit courut que Dreyfus avait tout avoué au capitaine Lebrun-Renault, il en fut presque soulagé. Une discussion avec son beau-frère Marcel à propos du petit bleu et de *cette canaille de D.* tourna à l'aigre. Marcel quitta la rue du Foin en claquant la porte. Malgré une réconciliation apparente et des excuses mutuelles exigées par Rosine, les deux hommes restèrent en froid jusqu'à la mort de Marcel, en janvier 1898.

Dès lors, Rosine commença à échafauder dans sa tête l'histoire des rapports de sa famille et de l'Affaire. Les choses étaient simples: Marcel s'était suicidé moins d'une semaine après l'acquittement d'Esterhazy. Henri refusait d'admettre la relation de cause à effet. Rosine reconnaissait que son frère était malade depuis longtemps, mais soutenait que la mise hors de cause du *Uhlan* avait accéléré les choses. Le faux du colonel Henry et le suicide de son auteur firent tout de même basculer son mari dans le camp des partisans de la révision. Mais pour Rosine, il était trop tard. Elle ne lui pardonna jamais ses hésitations, sa brouille si malencontreuse avec Marcel et aussi (et surtout) de s'être trouvé, en cette occurrence, d'accord avec Alexandre contre elle, et contre les gens qu'elle admirait le plus, les Lévy et leurs amis, ces gens si chics qu'elle avait si longtemps rêvé d'approcher, et que l'Affaire et les besoins de la Cause lui avaient rendus en quelques mois presqu'intimes. Dans la première moitié de 1899, avant le procès de Rennes, elle voyait Emilienne presque tous les jours. Et Emilienne connaissait Me Demanges, et avait même rencontré Madame Zola.

A cette époque, environ un an après la mort de Marcel, elle s'était beaucoup rapprochée de son frère Gustave qui avait deux ans de moins qu'elle. Gustave était, parmi les enfants Cohen, l'élément solide, posé, normal, aurait-on pu dire, si la normalité, dans cette famille, n'avait été justement l'extravagance et la neurasthénie. Il venait d'épouser Marguerite Naquet dont le père, gros bijoutier de Carpentras, avait ouvert pour ses enfants un magasin à Paris. Gustave gardait avec Alexandre des distances respectueuses. Toutefois, c'était, de tous les garçons, celui qui ressemblait le plus physiquement à son père. C'est sans doute la raison pour laquelle Rosine s'était sentie plus loin de lui, jusqu'à ce que la mort de Marcel et le dreyfusisme passionné de Gustave les eussent rapprochés. Et puis Rosine aimait bien sa belle-sœur Marguerite qui ne lui ménageait pas son admiration. Elle l'entraînait dans les salons dreyfusards, et se plaisait à jouer auprès de la jeune femme intimidée le rôle qu'Emilienne avait tenu auprès d'elle.

Henri s'inquiétait et souffrait, car il sentait sans rien y comprendre, combien Rosine s'était éloignée de lui. Après la naissance de Thérèse, saisie d'un amour maternel débordant, elle avait à nouveau exilé son mari sur le divan du fumoir. Henri avait patienté très longtemps, puis s'en était ouvert un soir au Dr Berthollet, n'osant pas aborder le problème avec sa femme. Le vieux médecin rassembla tout son courage, et un jour qu'Alice toussait un peu, il eut une longue conversation avec Rosine. Il lui représenta que son mari avait trente-trois ans, que c'était un homme sain et vigoureux, séduisant même, à qui les *tentations* ne manqueraient pas. Il comprenait sa fatigue après les naissances si rapprochées de ses deux petites filles, mais il lui faisait observer que Thérèse avait alors presque deux ans, qu'elle, Rosine n'avait jamais été aussi éclatante de santé ni si active, et qu'en agissant ainsi, elle mettait son ménage en péril. Rosine fut très frappée de cette menace. Elle n'avait jamais envisagé les choses sous cet aspect. D'ailleurs, s'il fallait en passer par là pour conserver son mari, elle y était parfaitement disposée. Henri n'était pas un amant très exigeant et Rosine pouvait, somme toute, s'en tirer à bon compte. Mais l'idée d'un troisième enfant, et un fils peut-être qui ferait si plaisir à Alexandre, alors qu'elle avait par deux fois miraculeusement réussi à y échapper, lui était vraiment pénible, presque insupportable. Alice, qui devenait si intelligente et surtout Thérèse, si délicate et qui avait tant besoin d'elle, lui suffisaient amplement. Après bien des hésitations, elle en parla en rougissant à Emilienne qui lui paraissait être la seule à pouvoir la conseiller en cette matière délicate. D'abord, Emilienne, mariée depuis dix ans, n'avait que deux enfants. Ensuite, les milieux artistiques qu'elle fréquentait semblaient à Rosine plus dessalés, pour ne pas dire pire, et propres à instruire une jeune femme dans des domaines ignorés des boutiques, même cossues, de la Rue des Francs-Bourgeois et du Boulevard Beaumarchais. Emilienne, très flattée, n'osa pas lui avouer que ses deux enfants réglementaires étaient le résultat du hasard le plus inexplicable. Elle lui donna en frissonnant des conseils fantaisistes issus de lectures douteuses et d'une imagination de pensionnaire. Le résultat fut Georges, né en juin 1898, six mois après la mort de Marcel.

Rosine, apparemment, supporta le choc à merveille, au grand soulagement d'Henri, fou de joie d'avoir un fils. Alexandre offrit un superbe pendentif avec trois diamants symboliques, dont le plus gros était entouré — délicate allusion au sexe du nouveau-né — d'une couronne de saphirs d'un bleu profond. Rosine remercia et l'oublia dans un tiroir. Elle ne le porta jamais. Elle oublia d'ailleurs presque aussi complètement le bébé. Il faut dire que l'Affaire l'accaparait complètement, et que l'année suivante, 1899, fut à tout point de vue, une année terrible.

Cette année-là, en décembre, juste après la loi d'amnistie, Pauline mourut en quelques jours d'un cancer généralisé. Elle ne s'était jamais relevée de la mort de Marcel. Pour Rosine dès lors, le monde fut scindé en deux: côté jardin, Dreyfus et ses partisans, Marcel et sa mère et Thérèse, la petite *dreyfusarde* sur laquelle elle reporta peu à peu — en plus de la part qui lui revenait normalement — tout l'amour maternel dont l'amnésie avait privé Alice. Côté couloir, dans les sombres méandres des cauchemars qui l'agitaient trop souvent, rôdaient pêle-mêle: du Paty de Clam, Esterhazy, Henry, dont l'homonymie avec son mari l'angoissait, et l'homme au couteau qui avait parfois le visage d'Alexandre.

C'est quelques jours après la mort de Pauline, entre la Noël de la dernière année du siècle et le nouvel an, que Rosine fit son premier séjour en clinique. Un matin, elle s'était réveillée totalement sourde. Cette surdité avait duré deux jours, puis elle avait disparu. Mais Rosine avait alors refusé de se lever, puis de voir ses enfants, puis de manger. Elle pleurait. Le Dr Berthollet avait diagnostiqué un début de neurasthénie.

— C'est normal, répétait Henri. C'est trop de malheurs pour Rosine. Son frère, et puis sa mère... Et cette terrible Affaire qu'elle prend tellement à cœur...

— Et trois enfants en quatre ans, disait Emilienne à son mari, d'un air dégoûté. Pauvre Rosine! Cet homme ne peut donc pas la laisser un peu tranquille?

Le petit Georges avait alors un peu plus d'un an. Rosine resta trois mois à la clinique. Elle se reposait. Elle avait entrepris la lecture — quand cela ne la fatiguait pas trop, car elle avait de la peine à fixer son attention très longtemps — des œuvres complètes de Zola. Elle dormait aussi beaucoup. Un sommeil lourd, artificiel, dont les potions diverses effaçaient les cauchemars. Elle ne s'ennuyait que de Thérèse, qu'elle réclamait souvent. Mais les visites fatigantes lui étaient interdites.

Il y avait là un jeune médecin avec lequel elle avait de longues conversations, le Dr Renucci. Le Dr Renucci... Elle l'appelait dans ses rêves... Une nuit, il était entré dans sa chambre. Elle s'était réveillée sous ses caresses. Elle n'avait pas eu peur. Il avait mis le doigt sur ses lèvres, et il avait souri. Elle s'était abandonnée en fermant les yeux. Mais quand le plaisir l'avait submergée, le Dr Renucci avait disparu. Disparu sans faire aucun bruit et sans apparemment ouvrir la porte de la chambre. Le lendemain, quand il était venu lui rendre sa visite quotidienne, elle s'était senti rougir jusqu'aux cheveux. Lui restait parfaitement naturel, sans doute à cause de l'infirmière qui l'accompagnait. Mais la nuit suivante, il était revenu, et plusieurs nuits de suite. Dans la journée, Rosine, s'enhardissant, avait beau chercher son regard, il restait parfaitement indifférent et professionnel. Un matin, vers quatre heures, elle eut une grande crise nerveuse: sa mère lui était apparue, lui reprochant son inconduite, et sa trahison envers cet homme si bon et les trois anges qu'il lui avait donnés. L'après-midi, elle refusa de recevoir la visite quotidienne du Dr Renucci et lui écrivit une lettre pleine de grandeur et d'abnégation où elle le suppliait de la laisser en paix, de cesser de la poursuivre et de la torturer. Elle ajoutait aussi qu'elle voulait oublier ses caresses et leur folie. Elle déposa cette lettre dans le casier du médecin.

En repensant à cette histoire, le cœur de Rosine s'emballe encore. Elle n'a jamais revu le Dr Renucci. Un autre médecin s'occupa d'elle désormais, et peu de temps après, elle fut transférée dans un autre pavillon de la clinique. C'était un lâche, pense Rosine. Un lâche comme tous les hommes. Car elle avait toujours été certaine que le Dr Renucci avait raconté leur idylle à d'autres médecins, et même à quelques pensionnaires. Elle soupçonna même que sa lettre avait circulé dans la clinique. Elle avait remarqué les sourires furtifs, interprété comme il convenait certains murmures sur son passage. Un lâche. Un lâche et un mufle...

Sa culpabilité vis-à-vis de son mari augmenta encore. Elle décida qu'il lui fallait rentrer au plus vite et reprendre son rôle auprès d'Henri et des enfants, pour racheter ses fautes par une conduite exemplaire.

Il y a des jours où Rosine n'est plus très sûre de cette histoire. Même plus sûre du tout. Avec l'âge, elle a réussi à entretenir avec les habitants du couloir des rapports maîtrisés. Elle va même, parfois, jusqu'à douter de leur réalité. Mais c'est le résultat de bien des années de coexistence difficile. Et quand, après la naissance de Paul, elle eut définitivement chassé Henri du lit conjugal, les seuls hommes qui parvinrent à pénétrer dans sa chambre fermée à clef, durent le faire à travers les murs, comme le Dr Renucci.

D'habitude, Rosine pense rarement à ces années qui furent traversées de tempêtes et de tragédies. Depuis la naissance d'Alice jusqu'à celle de Paul, sept ans plus tard, il lui semble qu'elle a vécu dix vies et souffert mille morts. Mille morts... En quatre-vingt-cinq ans de vie, la mort devient familière, on l'apprivoise, et même, parfois, on la souhaite. Bien calée sur ses oreillers, Rosine boit sa tisane en faisant attention de ne pas en renverser sur les draps. Ensuite, il faudra encore réussir à poser la tasse vide sur la table de nuit, et pas à côté. Tout est devenu si difficile, et depuis si longtemps ! La mort, aujourd'hui, est peut-être la moins problématique, la plus simple des tâches qu'elle doit encore accomplir.

Plus simple que de fêter dimanche ses quatre-vingt-cinq ans en compagnie de ces étrangers bruyants qu'on appelle sa famille. Que reste-t-il de ce qui fut notre famille, de ceux avec lesquels on a grandi, souffert, aimé, quand on va avoir quatre-vingt-cinq ans ? Sa sœur Julie, avec laquelle elle est fâchée depuis dix ans, et le benjamin, Edmond, qui, lui sera là dimanche, heureusement. Edmond... il était si beau, qu'il semblait venir d'une autre famille. Le cygne dans la couvée de canards. Blond, grand, artiste. Lui aussi s'était heurté à Alexandre, mais, à l'époque, le père Cohen était usé par les malheurs qui s'étaient abattus sur les siens au tournant du siècle. Et Edmond avait obtenu — fait inouï — de faire des études de piano au Conservatoire. Et puis, comme il fallait s'y attendre, il avait épousé une non juive.

C'était la première fois qu'une chose pareille arrivait dans la famille, et là, c'en était trop. Rosine elle-même avait pris le parti de son père. Edmond avait disparu pendant plusieurs années. Et il était reparu en 18, après l'armistice et la grippe espagnole, blessé et veuf, pour reprendre sa place dans la famille, presque comme si rien ne s'était passé. Bon, heureusement, il y aura Edmond dimanche. Il ne joue plus de piano maintenant, à cause des rhumatismes, mais Alice s'y mettra, on fera de la musique, c'est déjà ça, et Georges chantera, avec presque la même voix que son père: *La fleur que tu m'avais jetée, dans ma prison était restée...* Et Henri qui est mort sans savoir qu'Hitler avait fini par perdre la guerre!

Non, décidément, tout cela est trop long. Et Marcel, et Pauline, et Gustave, et Henri s'impatientent. Rosine ferme les yeux et joue à ne plus les rouvrir. Mais elle entend le carillon Westminster dans la salle à manger. Il est minuit. C'est bien le moment de faire semblant de mourir alors qu'elle n'est même pas capable de s'endormir correctement. Il va falloir rallumer, se rasseoir, attraper les comprimés dans le tiroir de la table de chevet... Vraiment, vraiment, la vie et la nuit sont trop longues, quand on va avoir quatre-vingt-cinq ans.

V

Guy était né en 1876. C'était le quatrième enfant de la famille Cohen, il avait cinq ans de moins que Rosine.

Depuis la mort de sa mère, Guy passait toutes ses nuits éveillé. Il s'endormait vers six heures du matin et émergeait à midi, abruti, et terrifié par la perspective d'affronter son père. Après le suicide de Marcel, Alexandre avait décidé qu'on ne prononcerait plus ce nom à la maison. Le suicide est un péché atroce, et faire mourir sa mère de chagrin, le plus grand de tous les crimes. Alexandre, lui, avait perdu sa mère quand il avait dix ans. Son père s'était remarié avec une femme qui, quelques mois plus tard, avait tout simplement flanqué l'enfant à la porte. Dans ce temps-là, et dans ce pays sauvage, on n'élevait pas les garçons dans du velours comme aujourd'hui. Le résultat était qu'Alexandre avait vite mouché son nez et fait son chemin. Tout seul. Sa mère, il n'en gardait étrangement aucun souvenir, sauf qu'elle s'appelait Rosa, et qu'on lui disait Rosêle. En voulant éviter à ses fils la dureté de sa propre jeunesse, voilà qu'il en avait fait des bons à rien, et même un criminel, qui n'avait pas hésité à offenser Dieu et à faire mourir sa mère en s'attaquant à sa propre vie ! Il fut donc entendu que Marcel n'avait jamais existé et que Guy, tout naturellement, prendrait sa place au magasin pour seconder son père. Après la mort de Pauline, le caractère d'Alexandre devint encore plus violent. Guy était au moins aussi fragile et nerveux que son frère. Il prit l'habitude de boire quelques verres en se réveillant, afin d'avoir le courage de sortir de sa chambre.

Rosine, à cette époque, était à la clinique et ignorait tout de l'état de Guy. Gustave, lui, ne venait pour ainsi dire jamais chez son père, Rue des Francs-Bourgeois. Julie, l'autre fille, la petite, venait d'avoir dix-huit ans. Toute son adolescence s'était écoulée dans cette atmosphère de névrose qu'avait encore précipitée le départ de Rosine. Ayant quitté l'école après le brevet d'études primaires comme cela se faisait dans son milieu, elle n'avait gardé aucune amie et vivait dans une totale solitude depuis la mort de sa mère. Les deuils successifs qui avaient frappé sa famille l'avaient laissée comme abrutie. Elle se gavait de gâteaux et grossissait à vue d'œil. Courte sur pattes, les yeux à fleur de tête, elle ressemblait beaucoup à sa sœur, mais en plus gros et en moins énergique. Bref, Julie était laide et malheureuse. Elle était jalouse de Rosine qui lui semblait posséder tout ce qu'elle n'aurait jamais, et méprisait son frère Guy, cette loque qui dormait jusqu'à midi et sortait de sa chambre en puant le vin. Elle était aussi vaguement amoureuse de son beau-frère, ce qui n'arrangeait pas ses rapports avec sa sœur.

Quant à Edmond, il allait encore au collège, et, après la mort de sa mère, Alexandre l'avait mis en internat au lycée Henri IV. C'était le seul de sa famille qui marquât quelques dispositions pour les études secondaires et qui avait été capable d'entrer au lycée. Il ne rentrait Rue des Francs-Bourgeois que le jeudi et le dimanche et, la plupart du temps, il allait déjeuner chez Rosine ou chez Gustave et passait l'après-midi au piano.

Si bien que Guy sombrait peu à peu, au milieu de l'indifférence générale.

Quand Rosine, proclamée guérie, et décidée à expier son inconduite chimérique dans la perfection conjugale, sortit de la clinique, on décida de célébrer l'événement par une belle réunion familiale. On invita tout le monde, Alexandre, Guy, Gustave et Marguerite, Julie, Edmond. Henri, lui, n'avait pour famille qu'un frère plus jeune, Charles, sa mère, qui était veuve, et sa grand'mère Heumann avec laquelle Alexandre parlait parfois allemand. Cela faisait onze convives, sans compter les trois enfants. Il fut décidé que ni Alice ni Thérèse ne s'assiéraient à table avec les grands parce que cela aurait fait treize! On engagea une fille en extra pour aider à la cuisine.

Rosine était nerveuse. Elle s'était donné beaucoup de mal pour que tout fût parfait. Les profiteroles venaient de chez Sureau, Place de la Bastille. Après bien des hésitations, elle avait renoncé à épater sa belle-mère avec une choucroute kascher meilleure que la sienne. Elle se voulait angélique. Elle avait opté pour un gigot, précédé de truites au bleu, parce qu'Alexandre adorait le poisson et que la bonne volonté de Rosine s'étendait à la terre entière. Mais c'était la première fois que la famille serait ainsi réunie depuis la mort de Pauline. Et elle sentait sans le formuler, ni même le comprendre, que le seul élément qui maintenait encore cette famille d'aplomb avait disparu.

Quand tout fut prêt, vers midi, elle eut une sorte de bouffée de chaleur et un étourdissement. Elle se laissa tomber dans un fauteuil, à bout de souffle, les oreilles bourdonnantes. La Gretchen venait d'amener au salon Alice et Thérèse, dûment nourries et vêtues. Les deux petites portaient la même robe écossaise, avec un gros nœud vert dans le dos et le même nœud de côté dans les cheveux. Elles étaient assises sur le sofa et attendaient gravement, sans presque bouger, pour ne pas se salir. Rosine les regardait entre ses cils mi-clos: elles avaient encore leurs petits cheveux fins de bébé que la nourrice s'était efforcée de faire bouffer en les mouillant un peu. Des cheveux de bébé ou de Cohen? Alice avait des yeux noirs et vifs, des yeux inattendus, hors famille, les yeux inquiétants d'intelligence de *l'enfant trouvée de la Rue du Foin*. Thérèse, elle, louchait un peu. Son œil partait vers l'extérieur sitôt qu'elle se tenait tranquille. Rosine l'avait remarqué quelques mois auparavant. Mais le Dr Berthollet disait qu'il n'y avait rien à faire.

—Cela sera un charme supplémentaire. Ne dit-on pas avoir une coquetterie dans l'œil? Vous vous faites trop de soucis pour cette petite.

C'était vrai. Rosine était toujours inquiète pour Thérèse qu'elle sentait faible à côté de sa sœur. Quant au bébé Georges, il lui arrivait de passer plusieurs heures, des demi-journées entières, sans même se souvenir de son existence.

—Crois-tu que grand-père nous apportera un cadeau? demanda Alice.

—Cadeau? dit Thérèse en écho.

— Je ne sais pas, dit Rosine. Mais il ne faut rien attendre, et surtout pas demander. Tu as compris, Thérèse, il ne faut pas demander de cadeau.

— Moi, dit Alice, je pense qu'il apportera des sucres d'orge, dans du papier bleu.

— Bonbons bleus! dit Thérèse avec enthousiasme.

Rosine reprenait haleine. La nourrice amena le petit Georges qui avait *tout mangé* et qui venait embrasser sa maman avant d'aller dormir.

— Il faut le coucher avant que les gens arrivent, dit Rosine en déposant un petit baiser sur le front du bébé, parce que sinon il va s'énerver et on ne pourra plus le mettre au lit. Dépêchez-vous, Gretchen, ils ne vont plus tarder maintenant.

Rosine se sentait mieux. Plus calme. Ce n'avait été qu'un petit malaise passager, dû à la fatigue. Elle s'était donné tant de peine, et elle était encore bien fragile!

Alexandre, Julie et Edmond arrivèrent les premiers.

— Tu n'as pas grossi, toi, dis donc, fut le salut d'Alexandre à sa fille.

— Julie s'en charge à ma place, répondit aimablement Rosine en embrassant sa sœur.

— Mon petit-fils n'est pas là? demanda ensuite le grand-père, tandis qu'Alice et Thérèse s'approchaient poussées par la Gretchen.

Mais il disait cela plutôt par réflexe que pour traduire un sentiment réel. Alexandre pensait qu'il devait s'intéresser davantage à un petit-fils, même âgé d'un an, qu'à ses deux petites filles que, à sa grande stupéfaction, il aimait chaque jour un peu plus. Surtout Alice, avec qui il se surprenait à discuter quelquefois, car l'enfant, âgée de six ans, était vraiment précoce.

— Comment faire, grand-père, lui avait-elle dit une fois en caressant le chat, quand on aime deux choses impossibles?

— Que veux-tu dire? avait demandé Alexandre déjà stupéfait que des sons intelligibles s'échappassent d'une si insignifiante petite chose.

— Oui, avait expliqué Alice gravement. C'est que j'aime Youyou, mais j'aime aussi les oiseaux. Et dans la cour, Youyou les attrape, et la Gretchen dit que les chats sont faits pour attraper les oiseaux...

Rosine était intervenue à ce moment pour empêcher *cette pipelette* d'ennuyer davantage son grand-père.

Alexandre était resté pensif, inexplicablement ému par le regard sérieux de la petite fille dont les yeux noirs, si peu Cohen, lui rappelaient peut-être un autre regard disparu dans les profondeurs de son enfance amputée.

— Guy n'est pas avec vous?

Julie haussa les épaules.

— Il va arriver, il va arriver, dit Alexandre d'un air indifférent.

Il disait *arriſer*, plus que jamais, avec une sorte de redoublement de lourdeur qui allait de pair avec cet accablement physique qui lui faisait les épaules encore plus carrées et écrasait encore davantage sa petite taille, depuis la série de malheurs qui avait frappé sa famille.

Les Heumann arrivèrent sur ces entrefaites, suivis de près par Gustave et Marguerite. La bonne, bonnet et tablier neufs, servit le porto. Tout le monde semblait gai et heureux d'être là. Cette réunion remplaçait les fêtes de fin d'année dont il n'avait pas été question, Pauline étant morte en décembre. Et c'est juste après Noël que Rosine était partie pour la clinique. Le premier janvier 1900, qui avait suscité partout des réjouissances exceptionnelles, avait été un jour de tristesse et de deuil chez les Cohen et les Heumann. Mais maintenant tout allait mieux. Rosine semblait avoir accepté la mort de sa mère. Elle était plus attentive auprès des enfants et Henri avait pleinement retrouvé son épouse. C'était un très beau jour d'avril. Un vrai soleil traversait la cour fleurie du vieil immeuble et éclairait le salon Pompadour. Il y avait dans l'air quelque chose d'heureux qui se communiquait aux convives, à leur insu. La vieille Madame Heumann et Alexandre échangeaient des considérations sur le printemps, plus tardif *là-bas*, avec les cerisiers qui ne fleurissaient pas avant fin mai, mais alors, *wie schöne Kirschen!!*

Rosine faisait la conversation à sa belle-mère et à sa belle-sœur Marguerite avec un entrain véritable. Il était question d'une bonne de Madame Heumann qui achetait du saindoux (celle-ci baissait la voix comme pour dire une grossièreté) au lieu de la graisse d'oie prescrite et gardait l'argent de la différence. Ensuite, imperturbablement, elle empoisonnait ainsi ses patrons qui avaient mis trois mois à s'en apercevoir, et encore, par hasard.

— Si mon pauvre Albert avait été encore de ce monde, je ne sais pas ce qu'il aurait fait. Lui qui était si pieux...

Rosine ne trouvait pas l'aventure si tragique, plutôt drôle pour tout dire, mais elle hochait la tête en répétant que la surveillance des domestiques était plus fatigante, finalement, que de faire le travail soi-même. Marguerite, elle, n'était pas partisane du saindoux, bien entendu, mais de la graisse d'oie non plus. A Carpentras, d'où venait sa famille, on ne connaissait que l'huile d'olive, qui est tout de même plus digeste. Madame Heumann en profita pour glisser une remarque sur ces juifs de Provence qui n'avaient aucune tradition. Marguerite en resta coite. Gustave vint au secours de sa femme en se demandant si la choucroute était vraiment une tradition particulière aux juifs, en Alsace. Madame Heumann, imperturbable, jura que oui. Les Goys l'avaient interprétée en y mettant du porc, ce qui est beaucoup moins fin, vous ne me direz pas le contraire. Rosine suggéra que c'était peut-être l'inverse, mais sa belle-mère n'en voulut pas démordre. Elle fit alors, en maîtresse de maison parfaite, dévier légèrement la conversation, qui roula sur les différents types de cuisine européennes, juives ou non. La française fut proclamée la plus fine, la plus variée, la plus inventive, bref, en tout point la meilleure, à l'unanimité.

Assises sagement sur des petits bancs, à côté de leur mère, Alice et Thérèse suçaient leur sucre de pomme. Julie et Charles, le jeune frère d'Henri, bavardaient à voix basse, agréablement surpris l'un par l'autre. Ils ne s'étaient pas revus depuis le mariage de Gustave, l'année précédente. Ce jour-là, Julie était si affreusement jalouse de sa belle-sœur Marguerite que la noirceur de ses pensées s'était pour ainsi dire peinte sur sa figure. Charles l'avait trouvée laide et désagréable et, par comparaison, il s'était mis à rêver un peu plus à Rosine et à envier encore davantage son frère. De toute façon, Charles, de cinq ans plus jeune, moins grand, moins doué, moins tout, enviait son frère depuis toujours. Rosine lui plaisait bien, même avant son mariage. Quand la grand'mère Heumann avait commencé à rapprocher ses petits-fils de la fille aînée de son vieil ami, il avait, un court moment cru pouvoir l'emporter. Mais il n'avait qu'un an de plus que Rosine, et, de toute façon, celle-ci n'avait d'yeux que pour les un mètre quatre-vingt et le célèbre baryton de l'inévitable Henri. Et pendant ce temps Julie, qui n'avait pas dix ans au mariage de Rosine, avait grandi, également en tour de taille et en désagréments. C'est du moins l'idée que s'en faisait Charles jusqu'à ce dimanche d'avril 1900. Là il avait découvert une jeune fille ni vraiment gracieuse, ni vraiment svelte, mais qui faisait des efforts pour sourire et même pour badiner avec son beau-frère, et dont les yeux — les mêmes yeux vert clair que ceux de Rosine — exprimaient, plutôt que la sottise méchante qu'il avait naguère cru y lire, la lassitude de quelqu'un qui a déjà beaucoup souffert pour ses dix-neuf ans, et beaucoup réfléchi.

C'est que Julie, en effet, avait réfléchi. Et elle avait fini par comprendre que la seule façon d'échapper pour de bon aux colères d'Alexandre et aux crises éthyliques de Guy était le mariage. Et que le meilleur moyen d'y parvenir n'était certes pas de rester enfermée dans sa chambre en tête-à-tête avec les kouglofs et les babas au rhum. Elle caressa un instant l'espoir que Rosine, qui était à la clinique de Malmaison à l'époque, était peut-être plus malade qu'on ne le disait. Elle s'imagina recueillant le veuf et les orphelins, faisant l'admiration de tous (une si jeune fille avec trois petits enfants, quel courage ! Quelle piété filiale !), obéissant à la tradition ancestrale, et répondant par-dessus le marché au vœu secret de son cœur. Julie passa toute une nuit dans cette vision de rêve. Elle se voyait, s'approchant, calme, digne et contenant sa douleur, de son beau-frère effondré, et l'assurant en quelques mots de son aide et de son affection. Elle jurait, le jour de la brève et intime cérémonie qui les unissait, de conserver toujours le souvenir de la chère défunte. Puis elle imagina les transformations progressives de l'ameublement du salon et le jour où Henri lui avouerait, dans les transports, que sa sœur n'était plus qu'un lointain souvenir... Mais Rosine était sortie de la clinique quelques jours plus tard et Julie avait dû se résoudre à changer de rêve. Comme elle n'avait pas beaucoup d'imagination, elle resta à court de remplaçant. En fait, à part ses frères, elle ne connaissait aucun homme qui fût plus ou moins de sa génération. Quand, ce dimanche chez Rosine, elle vit arriver Charles avec sa mère et sa grand'mère, elle fut immédiatement frappée par l'évidence de la chose.

Quand il s'approcha d'elle pour la saluer, elle rougit, balbutia, et acquit immédiatement aux yeux de Charles un intérêt nouveau : même sans être très subtil, il avait perçu le trouble de la jeune fille et en avait été surpris et flatté. Au moment où il remarquait la gravité des yeux verts de Julie, celle-ci avait déjà pris l'irrévocable décision d'être, dès que possible, et par n'importe quel moyen, Madame Charles Heumann.

C'est pourquoi, quand Rosine déclara qu'il allait falloir passer à table malgré l'absence de Guy, à cause du gigot qui n'attendrait pas davantage, Julie et Charles étaient plongés dans la plus passionnante des conversations à voix basse et étaient, plus qu'aucun autre convive, sensibles au gai soleil de ce premier printemps du siècle.

VI

Le printemps passa. Le résultat des bonnes dispositions de Rosine quant à son ménage et à son mari ne se fit pas attendre : en juin, elle s'aperçut qu'elle était enceinte. Le désespoir la saisit et la traversa brusquement, comme une épée. Son premier mouvement fut de se précipiter hors du cabinet du Dr Berthollet et de se jeter sous la première voiture venue. Mais cela ne dura que quelques secondes. En réajustant son chapeau, elle allait déjà beaucoup mieux et elle put tourner vers le médecin et ses conseils de modération, prudence, repos, etc. un visage souriant.

Quelques jours plus tard, Charles et Julie annoncèrent leurs fiançailles. Le bonheur d'Henri était complet.

L'été passa.

Un matin de septembre, Place de la Bastille, Guy fut écrasé par l'omnibus. Il mourut dans l'ambulance. Il avait vingt-quatre ans. Pour tout le monde — et surtout pour Alexandre à qui ce nouveau coup enfonça encore un peu plus la tête dans les épaules — l'accident ne fit aucun doute, d'autant plus que le malheureux était, comme d'habitude, tout à fait ivre en sortant de chez lui. Mais Rosine fut toujours persuadée que Guy avait succombé à une attaque de ces êtres qui vous épient dans les rêves, qui vous guettent et vous appellent du fond des voies de chemin de fer quand le train arrive, et dont on sent la poussée dans le dos quand on attend au bord du trottoir, pour pouvoir traverser, que cesse ce terrible maelström des roues qui tourbillonnent sur la chaussée et qui vous attirent.

Elle n'en parla jamais à personne, bien entendu. Mais un matin de décembre 1953, en traversant la Rue Saint-Antoine, sa canne glissa sur une plaque de glace et la voiture qui arrivait n'eut que le temps de freiner à mort.

Elle n'avait que des bleus. Mais, pendant la fraction de seconde où elle vit arriver sur elle l'automobile noire, elle pensa à Guy et eut le temps de murmurer : « Voilà ! »

Depuis cet accident, elle a l'interdiction de sortir seule, mais cela lui est bien égal, car elle n'en a plus envie. Ses enfants viennent la chercher pour les dîners, les réunions de famille. Alice, qui a le temps, l'emmène Place des Vosges quand il fait beau. Tout cela ennuie Rosine, mais elle n'ose pas refuser. Parce qu'alors il lui faudrait subir les démonstrations d'inquiétude et les visites du Dr Berchet, cet imbécile qui l'a fait hospitaliser en 1950.

Au début de cette année-là, les cauchemars, si fréquents dans sa jeunesse, et qui avaient presque totalement disparu, étaient revenus brutalement peupler les nuits de Rosine. Aux personnages d'autrefois — cet homme à la silhouette carrée d'Alexandre et qui la poursuivait, un couteau à la main, le long d'un interminable couloir, ou Esterhazy, tel que l'avait représenté lors de son procès, le dessinateur du *Petit Journal Illustré* — étaient venus s'ajouter des soldats allemands de la dernière guerre et les gestapistes en manteau noir comme ceux qui avaient arrêté son frère Gustave en 44. Curieusement, pendant l'Occupation, alors qu'elle vivait avec Alice dans une angoisse permanente, elle n'avait jamais eu le moindre cauchemar. Et inexplicablement, cinq ans après la guerre, alors que la vie avait repris son cours sans histoire et que Rosine approchait de quatre-vingts ans, les démons obscurs étaient revenus. Autrefois, elle était plus solide, elle en venait presque toujours à bout sans qu'on l'aide, elle avait appris à vivre avec eux. Mais cette fois, elle était vieille et seule. Une nuit, elle s'était jetée en hurlant hors de sa chambre et la bonne, réveillée en sursaut, l'avait ramassée, étourdie, l'arcade sourcilière ouverte contre un coin de la cheminée du salon. Tout le monde était très inquiet, enfants, belles-filles, surtout les belles-filles d'ailleurs, bien pressées de la voir engloutie dans une clinique d'aliénés. Car c'était une clinique d'aliénés, Rosine l'avait compris tout de suite. Le personnel avait un air faux, on lui donnait des médicaments qui l'abrutissaient, on lui avait même fait des électrochocs. Ils avaient essayé de la rendre folle, Rosine en est sûre.

Heureusement qu'il y avait ce jeune docteur. Elle l'avait trouvé tout de suite sympathique, différent des autres. Il venait s'asseoir sur son lit, le soir, après la visite de l'infirmière, et il l'écoutait lui parler de sa vie. Malheureusement, elle ne parvenait jamais à se souvenir de son nom. Un nom corse. Le jour de son départ, il n'était pas venu la saluer. Quand elle l'avait réclamé, l'infirmière avait prétendu qu'il n'y avait aucun médecin avec un nom corse dans la clinique, ce qui était la preuve la plus éclatante de la collusion entre les infirmières et Denise et Margot, ses belles-filles.

Une douleur aiguë dans la hanche. La bouillotte n'est plus assez chaude et il est trop tard pour appeler cette pauvre Jeanne. Il doit être une heure, deux heures... La nuit sera longue. Elle n'a pas le courage d'allumer sa lampe et reste étendue dans le noir, tentant maladroitement de se masser la hanche avec ses doigts déformés. La vieillesse, la vieillesse, mais quelle horreur, quelle malédiction ! Alexandre, qui est mort à quatre-vingt-dix ans, a-t-il connu cela, lui aussi ? Rosine pense souvent à son père depuis quelque temps. Si elle ne lui pardonne pas son enfance, elle sent une sorte de confraternité avec le vieil homme qu'il était devenu après la guerre. Tu n'as jamais su ce qu'était la vieillesse, toi, mon pauvre Marcel. Et si je vous ai plaints si longtemps, Guy et toi, si j'ai pris l'habitude de vous appeler *pauvre Marcel*, *pauvre Guy*, c'est vous maintenant qui devez avoir pitié de la pauvre Rosine qui est si longue à vous rejoindre.

Paul naquit en mars 1901. On attendit les relevailles de Rosine pour célébrer le mariage de Charles et de Julie. Rosine avait beaucoup grossi. Cette quatrième maternité avait été définitivement fatale à son tour de taille. La couturière d'Emilienne lui avait fait une robe verte — *sa* couleur — qui tentait tant bien que mal de masquer les dégâts. Henri l'avait trouvée en larmes après le départ de la couturière venue livrer la robe. Comme il l'interrogeait, dérouté et inquiet comme de coutume, elle s'était redressée, en jupon et en corset, les poings sur les hanches comme une harengère :

— Mais regarde-moi, Henri, regarde cette taille, je ne peux plus fermer mon corset, regarde ce que je suis devenue !

Henri aimait les femmes grasses, celles, comme on dit, où il y a de la chair autour de l'os. Et puis, de toute façon, Rosine était pour lui depuis dix ans l'alpha et l'oméga de toute référence féminine. Il tenta de la calmer :

— Mais tu es très bien au contraire. Et puis tu as trente ans, tu es une mère de famille, tu ne peux pas avoir toute ta vie l'air d'une jeune fille...

Et après cette trouvaille psychologique, le malheureux ajouta, l'air allumé, en allongeant une main concupiscente vers les rondeurs incriminées :

— Une mère de famille très appétissante, je t'assure...

— Ne me touchez pas ! hurla Rosine en le giflant de toutes ses forces. Allez-vous en !

Henri demeura pétrifié de stupéfaction, puis l'indignation, tout de même, le ranima :

— Est-ce que tu deviens folle ? cria-t-il, prêt à lui rendre sa gifle.

Mais un coup d'œil sur le visage révulsé de sa femme le calma. Il eut l'impression que peut-être il disait vrai et que s'annonçait une de ces crises nerveuses qu'il craignait tant. Il sortit de la chambre et, après avoir prévenu Félicie que Madame ne se sentait pas bien, il courut chez le Dr Berthollet.

Rosine, heureusement, se calma vite. Et, deux jours plus tard, au mariage de sa sœur, elle réussit à faire oublier son tour de taille, tant elle charma par sa conversation. Simplement, Henri ne fit plus jamais aucune tentative d'approche vers ses charmes épaissis. Le Dr Berthollet, cette fois-ci, avait tenu un tout autre discours :

— Quatre enfants, cela ne vous suffit pas ? lui avait-il dit sévèrement. Vous tenez vraiment à détruire complètement la santé de votre femme ? Et puis, entre nous, elle a trente ans maintenant, vous êtes mariés depuis dix ans, vous avez été (en appuyant sur les syllabes) un époux ex—cel—lent. Elle a bien mérité de se reposer un peu. Sourire. Ne pouvez-vous pas vous *arranger autrement* ?

Henri avait rougi sans répondre. Et une page s'était tournée, à trente ans, dans la vie de Rosine Cohen. Elle y avait gagné une meilleure relation avec son mari, quand elle avait compris, par son attitude, qu'elle pouvait être tranquille de *ce côté-là*. Mais elle n'avait point obtenu la sérénité qu'elle en escomptait, et les poursuivants du couloir n'en avaient montré que plus d'acharnement. Henri restait souvent travailler tard au magasin (les affaires prospérèrent après 1900) et il ouvrit une succursale Boulevard Beaumarchais et — laissant le vieux magasin de la Rue de Birague à Charles après son mariage — une autre, encore plus spacieuse, Place de la Bastille même. Ces jours-là, il dormait dans le fumoir qu'il avait aménagé en une sorte de bureau personnel depuis que se répandait l'habitude de fumer au salon. C'était surtout ces nuits-là que les cauchemars venaient assaillir Rosine. Mais elle ne criait plus, n'appelait plus. Elle se réveillait, allumait en tremblant, se levait et faisait quelques pas dans sa chambre. Parfois elle s'asseyait un moment dans le fauteuil près de la cheminée et bavardait à voix basse avec Marcel. Quand elle avait froid, elle retournait se coucher, et, la plupart du temps, elle se rendormait jusqu'au matin. Ainsi Rosine avait appris à vivre avec les assassins du couloir qui, à mesure que vieillissait et rapetissait Alexandre, ne lui faisaient presque plus peur.

C'est au mariage de Julie, justement, que Rosine avait remarqué pour la première fois combien son père s'était tassé. La présence des plus hautes autorités de la Communauté, le président du Consistoire comme témoin, l'amiral Lévy et toutes ses décorations reparues depuis que Dreyfus se reposait au bord du lac Léman, le gros diamant au doigt de Julie, et celui — plus gros encore — à l'épingle de sa cravate, toutes ces preuves de sa réussite, qui enivraient, dix ans auparavant au mariage de l'aînée, le petit émigrant de Trèves, semblaient laisser indifférent celui qui avait entre-temps enterré sa femme et deux de ses fils. Et Rosine, tout en glissant à l'oreille de Gustave: «Papa n'a pas l'air bien», s'était sentie, elle, pleine d'optimisme et d'entrain.

Pendant le dîner, la conversation roula sur le Martyr de l'Ile du Diable dont le livre, *Cinq ans de ma vie*, venait de paraître.

— Je n'oublierai jamais le récit que nous fit Jacques de la dégradation, dit Rosine d'un ton pénétré, en comprimant sa poitrine de nourrice avec sa main gauche où brillait l'alliance en diamants de ses dix ans de mariage. C'était bouleversant. Tu t'en souviens certainement, Emilienne?

Emilienne s'en souvenait. Elle essaya de prendre le relais du récit, mais Rosine n'était plus femme à se laisser arracher la vedette. Au fil des années, elle avait acquis un sens du monologue tragique, voix frémissante et main sur le cœur, qui la faisait ressembler à la grande Sarah Bernhardt qu'elle admirait passionnément.

— Vous étiez pâle comme la mort, mon pauvre Jacques, le tambour résonnait encore à vos oreilles. Ah, nous avons compris tout de suite quel drame se jouait! Henri a presque dû me porter jusqu'au fiacre tant j'étais impressionnée par ce récit. C'était peu de temps après la naissance d'Alice et j'étais encore si faible... Quelle épreuve, mon Dieu, quelle épreuve! N'est-ce pas, Henri?

Henri approuvait, vaguement gêné. A entendre Rosine, la famille Heumann avait été la principale victime de l'Affaire. Il échangea avec Jacques Lévy un regard d'excuses.

— D'ailleurs mon pauvre frère Marcel (ne pas remarquer la crispation de la main d'Alexandre sur sa fourchette), mon pauvre frère Marcel ne l'a pas supporté. Comment, vous ne saviez pas, Monsieur le Président, que Marcel est mort de chagrin après l'acquittement d'Esterhazy? Il était si sensible. Nous sommes tous si sensibles chez les Cohen, ajouta-t-elle en se tournant vers les jeunes époux, même Julie. Si, si, vous verrez Charles, je suis sûre que Julie est très sensible. Et si musicienne... Nous sommes tous musiciens, d'ailleurs.

— Cette peste va-t-elle se taire, murmura Julie qui était devenue écarlate sous sa couronne d'oranger.

— Vous êtes injuste, Julie, dit Charles d'un air de reproche. Votre sœur est vraiment gentille. Elle anime la conversation de son mieux et ne pense que du bien de vous.

— Eh bien, épousez-la donc, répondit la jeune mariée, les yeux soudain pleins de larmes.

Charles lui saisit la main et lui baisa le bout des doigts. Il avait le sentiment d'avoir été maladroit.

— Excusez-moi ma chérie, je suis un imbécile.

Julie avait dans l'idée que le jour de son mariage est le plus beau de la vie d'une femme, aussi sourit-elle à son époux de deux heures et reprit un air béat. Ce petit drame à voix basse passa inaperçu de tout le monde et fut le premier d'un mariage catastrophique qui dura soixante ans.

Un jour de 1945, peu après la Libération, Julie accusa Rosine d'avoir sauvé sa peau en dénonçant des voisins dans le quartier.

Rosine et Alice n'avaient pas quitté Paris de toute la guerre. En 1940, pendant l'Exode, Henri était gravement malade, intransportable, au dernier stade du cancer de l'estomac dont il allait mourir au début de 1941. Après sa mort, sans expliquer pourquoi, Rosine avait refusé de bouger, et Alice, la seule des quatre à n'avoir pas d'enfants, était restée avec sa mère, essayant peut-être par cet acte d'héroïsme filial, de faire légitimer enfin une bonne fois *l'enfant trouvée de la Rue du Foin*.

Cachées tant bien que mal sous un faux nom, elles avaient donc traversé l'Occupation, ses angoisses et ses privations, sous la protection occulte et capitale de la concierge qui était la fille de celle qui occupait la loge au moment du mariage de Rosine.

— Je ne sais pas si les youpins sont responsables de la guerre, disait-elle à son mari qui admirait le

Maréchal, mais en tout cas ce que je sais, c'est que les Heumann sont de braves gens.

Julie et son mari, spoliés de leur magasin, avaient passé la guerre à la campagne, dans des transes continuelles. Au retour, ils avaient retrouvé leur appartement totalement pillé et détruit. Julie ne trouvait pas *normal* que sa sœur, elle, ait traversé tout cela *tranquillement sans bouger de chez elle*, et elle avait là-dessus *sa petite idée*.

Rosine, plus Sarah Bernhardt que jamais, se leva d'un bond et, saisissant sa sœur par le revers de son tailleur, elle la traîna jusqu'à l'entrée avec une vigueur étonnante pour son âge.

— Vipère, hurlait-elle, vipère, ordure! Jeanne, dit-elle solennellement à la bonne accourue au tumulte, regardez cette personne!... (Le front dans la main, le lorgnon d'écaille tressautant au bout de sa chaîne d'or). Eh bien ce n'est plus ma sœur. Je n'ai plus de sœur.

Elle montra à Julie, effarée de l'effet inattendu produit par une de ces innombrables sottises venimeuses qui lui sortaient de la bouche depuis soixante ans, la porte de l'appartement. Et, telle Roxane condamnant Bajazet, elle articula:

— Sortez!

Elles ne se revirent jamais.

VII

Sa sœur ne lui a jamais manqué.

De toute façon, qu'est-ce que c'est que la vie, sinon un tissu qui se mite peu à peu, avec des trous de plus en plus gros, de plus en plus rapprochés, jusqu'à ce qu'il tombe en poussière? De la vie de Rosine, il ne reste que des lambeaux. Et c'est peut-être pour cela qu'elle a tout le temps froid. Elle dit qu'elle ne s'est jamais guérie de l'Occupation, quand il faisait 6 degrés dans sa chambre et qu'on avait fermé toutes les pièces de l'appartement, sauf la cuisine. Elle a froid aux mains et frotte sans cesse ses doigts engourdis les uns contre les autres. Elle a froid aux pieds, elle les pose sur une chaufferette, mais ça ne suffit pas. Alors elle met ses pantoufles dans le four, pour les faire chauffer pendant qu'elle fait sa toilette. Parfois elle les oublie et les pantoufles brûlent. Elle a froid dedans aussi. Alors elle boit de la tisane bouillante toute la journée. Elle garde toutes les pelures d'orange et les queues de cerise pour faire des infusions. Elle les met à sécher sur les étagères de la cuisine. Il y en a sur toutes les étagères et même dans la salle à manger. Parfois, Jeanne proteste. Mais

Rosine ne se laisse pas faire. C'est encore tout de même elle qui commande!

Une autre fois, c'était juste après la guerre et on venait de poser un nouveau chauffe-bain à gaz, elle l'avait ouvert, puis elle était partie dans la cuisine, à l'autre bout de l'appartement, chercher des allumettes... la salle de bain avait explosé, il y avait eu un trou dans le mur. Elle n'avait eu que les cheveux et les cils roussis.

Un miracle! hurlaient en chœur ses enfants, à l'hôpital où on l'avait tout de même placée en observation.

— Quelle peur tu nous as faite, un trou dans le mur... on a cru...!

Ils la grondaient comme si c'était elle l'enfant. Elle baissait la tête et ne disait rien. Quand on est dur d'oreille et que les gens crient, contrairement à ce qu'ils croient, on les comprend encore moins. Et puis le bruit de l'explosion n'avait pas arrangé ses problèmes d'audition.

Elle regardait s'agiter son fils Georges et sa femme Marguerite (dite Margot pour la distinguer de Marguerite Cohen la femme de Gustave), accourus les premiers.

— Pourquoi ne demandes-tu pas à Jeanne de te faire couler un bain? demandait Georges en se tordant les mains.

Marguerite secouait ses frisettes teintes en blond, en s'efforçant de prendre un air de circonstance. Rosine ferma les yeux, sa tête bourdonnait.

«Celle-ci aurait été bien contente que je saute avec le chauffe-bain», songea-t-elle en regardant sa belle-fille entre ses paupières mi-closes. Georges, qui continuait à la sermonner en marchant dans la chambre, l'agaçait au-delà de toute expression.

— Margot aurait été bien contente d'être débarrassée de moi, n'est-ce pas, Margot? dit-elle d'une voix douce.

Georges s'arrêta, pétrifié. Marguerite ouvrit la bouche.

— Qu'est-ce que tu as dit, Maman? demanda Georges.

— Tu as très bien entendu: que Margot serait bien contente de me voir crever.

— Oh! s'écria Marguerite en se levant de sa chaise.

— Comment peux-tu dire une chose pareille? dit Georges.

— Allons, allons, Margot n'a jamais pu me souffrir, et je ne peux pas lui en vouloir, c'est réciproque. Cela a toujours été, malgré les réconciliations et les simagrées. Et ce n'est pas maintenant... (tremblements de voix) que je vais bientôt disparaître...

— Maman, je t'en prie! s'écria Georges. Pourquoi remues-tu tout cela? Nous, nous avons tout oublié, n'est-ce pas Margot?

Margot, debout, rouge sous ses frisons oxygénés, torturait la poignée de son sac en pleurnichant.

— Vous me fatiguez, dit Rosine. Thérèse ne va pas tarder avec les petites, et je ne pourrai même pas en profiter.

— Partons, Georges, je t'en prie, dit Margot à voix basse.

Rosine ne sait pas pourquoi cette scène idiote lui est venue ainsi à l'esprit. Ni pourquoi elle pense à ce geste caractéristique que Georges avait eu en s'en allant, et que Rosine lui avait déjà vu, bien des années auparavant. Exactement pendant l'été 1916.

Rosine ne repense jamais à cette vieille histoire, Georges est, de ses quatre enfants, celui qu'elle a le moins aimé. Euphémisme. On pourrait dire, si on n'avait pas peur des mots, s'agissant d'une mère et de son fils, qu'elle n'a jamais pu le supporter. Cette culpabilité à ressentir, sans les analyser vraiment, les effets de cette aversion, faisait qu'elle pensait le moins souvent possible à Georges, et même, la plupart du temps, l'oubliait tout à fait. Mais il était dit que pour Rosine, cette nuit ne serait pas une nuit ordinaire, qu'elle ne serait pas habitée par les visiteurs habituels de ses insomnies.

C'était au Pouliguen que tout avait commencé. Henri y louait une villa tout l'été depuis 1905. Cette année-là, Paul avait été très malade, et le Dr Berthollet avait prescrit l'Océan. Bien que réticente, Rosine avait fini par prendre goût à cette villégiature de deux mois chaque été. Elle s'y installait fin juin avec Félicie la bonne, la Gretchen et les enfants. Julie, souvent, la rejoignait en juillet. Henri venait y passer quelques jours en août, quand les affaires étaient calmes. Rosine, au bout de quelques années, s'était risquée à voisiner un peu. Elle fréquentait surtout des parisiens charmants qui avaient plusieurs filles dont les plus jeunes avaient l'âge d'Alice et de Thérèse. Ils s'appelaient Leutenberger, étant d'origine alsacienne (hasard et coïncidence qui n'avaient pas peu fait pour aider à leur fréquentation), mais ils n'étaient pas juifs. Enfin des relations de vacances sont des relations de vacances et tout ne peut pas être parfait. D'ailleurs farouchement dreyfusards, d'après les dires de Madame Leutenberger, qui ajoutait que cela avait fait beaucoup de tort à son mari, à l'époque, dans ses affaires. Monsieur Leutenberger, en effet, moustache blonde et large poitrine, physique d'officier plutôt que de commerçant, était dans les affaires, et ne venait qu'en fin de semaine, et pas régulièrement. Rosine ne les voyait d'ailleurs pas très souvent, étant disait-elle de nature sauvage, à la campagne, et préférant à tout le calme du jardin, l'après-midi, quand les enfants disparaissaient dans la nature avec la Gretchen, et qu'elle pouvait enfin s'installer sous un parasol, le chat Youyou II roulé en boule dans un rayon de soleil à ses pieds sur la chaise longue, et s'absorber dans un de ces merveilleux romans d'Anatole France ou de Paul Bourget qu'elle adorait et qui lui faisaient tout oublier. Mais ces moments de paix et de solitude étaient rares, car les enfants rentraient bientôt, ou alors il fallait se changer pour le thé chez Madame Leutenberger, justement. L'aînée des filles étudiait le piano et venait d'entrer au Conservatoire. Elle travaillait quatre heures chaque matin et, souvent, jouait à l'heure du thé pour les amies de sa mère. Rosine admirait son talent et quand elle sut que Marguerite cherchait des élèves, elle n'hésita pas à lui confier, dès la rentrée et deux fois par semaine, l'avenir musical d'Alice et de Thérèse. Ce qui fait qu'on se fréquenta un petit peu à Paris aussi. Cela se passait en 12 ou en 13. Après la leçon, Marguerite restait souvent bavarder un moment avec Alice et Thérèse auxquelles se joignait parfois Georges, quand on ne le renvoyait pas pour raison de limite (inférieure) d'âge.

Quand Marguerite obtint le premier prix de piano du Conservatoire, les Leutenberger donnèrent une réception avec un récital de la lauréate. Rosine fut étrangement frappée par la prestance extraordinaire de Monsieur Leutenberger qu'elle n'avait jamais vu en habit. Ils bavardèrent un long moment après le concert avec cette sorte de familiarité qui ne repose sur rien d'intime mais qui vient du fait qu'on s'est connu et fréquenté au bord de la mer. Ils évoquèrent quelques anecdotes du Pouliguen, des paysans de là-bas ou le facteur toujours ivre, avec une aisance étonnée. Rosine se sentait jeune et mince et riait à tout propos derrière son éventail.

Monsieur Leutenberger lui expliqua qu'il était très fier de sa fille mais qu'il eût préféré la voir mariée.

— Elle a vingt-quatre ans, vous me comprenez, elle ne pense qu'à la musique. C'est très joli, bien sûr, surtout très gracieux, ce piano, mais enfin, vous serez bien d'accord avec moi, Madame Heumann, une femme ne s'épanouit que dans le mariage et la maternité.

Rougeur. Rosine acquiesça avec une conviction véhémente. Rougeur. Silence.

— Je vous parle comme à une sœur, dit Monsieur Leutenberger qui, entre-temps, avait ouvert une porte-fenêtre. Ils étaient sortis sur la terrasse d'où ils dominaient Paris.

— Quelle vue magnifique, dit Rosine à mi-voix.

Elle posa sa main sur la balustrade.

— Le ciel est presque aussi clair qu'au Pouliguen au mois d'août, vous ne trouvez pas ?

Il trouva, ne regardant jamais le ciel, au Pouliguen ou ailleurs, et posa sa main sur la balustrade. Rosine éloigna légèrement la sienne. Monsieur Leutenberger lui nommait les divers monuments que l'on apercevait comme en plein jour.

— Regardez comme le Sacré-Cœur brille sous la lune. Cela me rappelle une chanson d'Aristide Bruant.

Il fredonnait.

Tout à coup, il posa sa main tout contre celle de Rosine qui ne bougea pas.

— J'aime les chansons de Montmartre, disait Monsieur Leutenberger. J'ai un peu fréquenté les peintres dans ma jeunesse...

— Je suis sûre que vous peignez, dit Rosine à mi-voix.

— Comment l'avez-vous deviné?

La main se rapprocha encore.

— Je ne peins plus, bien entendu. Ce sont des erreurs de jeunesse, ajouta-t-il avec un petit rire. Mais je suis resté artiste dans l'âme. Je pense que Marguerite tient cela de moi.

— Moi, dit Rosine, j'aime passionnément la musique, mais aussi la poésie...

— Vraiment, dit Monsieur Leutenberger en cessant de regarder le panorama, Sully Prud'homme?

— Et le théâtre, dit Rosine qui préférait Marceline Desbordes-Valmore mais qui n'osait pas l'avouer. Sarah Bernhardt...

— Ah, Edmond Rostand! interrompit Monsieur Leutenberger en levant la main et en la laissant retomber comme par mégarde sur le poignet de Rosine.

Tout à coup, Rosine eut froid et pensa que son mari ou ses filles devaient se demander où elle était passée. — Ne vous inquiétez pas pour Marguerite, dit-elle encore en levant les yeux vers les moustaches blondes et en dégageant doucement sa main, peut-être est-elle destinée à ne vivre que pour son art ? C'est un sort enviable, ajouta-t-elle avec feu en rentrant au salon.

Elle trouva Henri qui discutait musique et chant avec un professeur du Conservatoire, et se serra contre lui comme si elle avait eu peur de le perdre. Dans un petit salon, on entendait *la jeunesse* rire, et Marguerite qui tapait, en imitant le bastringue, un air célèbre d'Offenbach.

— Partons, Henri, dit Rosine, je ne me sens pas bien, brusquement. J'ai froid.

— Froid ? Par ce temps ?

Mais Henri obtempérait en urgence au moindre symptôme de sa femme.

On était fin juin. Le lendemain, l'Archiduc François-Ferdinand fut assassiné à Sarajevo, et Georges, âgé de seize ans, déclara à ses parents qu'il s'était, la veille au soir, solennellement juré d'épouser Marguerite, laquelle avait promis de l'attendre.

Le premier événement fut, Rue du Foin, sérieusement éclipsé par le second. Stupéfaction, indignation, crise de nerfs, appel au bon sens, supplications, menaces... Georges restait impassible. Alice et Thérèse vivaient l'oreille collée à la porte du salon où le coupable était convoqué plusieurs fois par jour. Henri était évidemment d'accord avec sa femme (et d'ailleurs avec tout le monde) car les raisons objectives de regarder ce mariage comme une folie ne manquaient pas, ainsi qu'il avait vainement tenté de le démontrer à Georges, au cours d'une conversation d'*homme à homme*: Marguerite avait huit ans de plus que lui, c'était déjà une femme, et lui, encore un enfant. Elle n'était pas juive, ce qui tuerait à coup sûr les grands-parents (crois-tu que ton grand-père a besoin d'un coup supplémentaire dans sa vie?), et même les oncles et les tantes.

— Et penses-tu qu'elle va t'attendre pendant les cinq ans qui te manquent pour être majeur? Et de quoi vivrez-vous? Parce que, de nous, tu n'auras plus rien à attendre, si tu fais une folie pareille.

Marguerite donnerait des leçons de piano, il travaillerait n'importe où, oui, elle avait juré de l'attendre, il l'épouserait même si c'était une négresse, même dans dix ans, ils l'avaient juré et... Georges sortit du fumoir ivre de larmes, en renversant presque ses sœurs et les bonnes, agglutinées contre la porte. Rosine attendait dignement dans sa chambre l'issue de la démarche raisonnable tentée par le Père de famille.

Devant l'échec, on décida une rencontre au sommet avec la partie adverse, laquelle se révéla d'ailleurs, comme c'était à prévoir, être une partie alliée. Les Leutenberger étaient au moins aussi catastrophés que les Heumann. Ils se trouvaient dans une situation très inconfortable: leur état de parents de la jeune fille leur donnait une position d'offensés, mais pouvaient-ils sérieusement avancer cet argument pour une fille de vingt-quatre ans, face à un garçon de seize ans qui venait tout juste de passer son brevet?

Ainsi, bien que l'entretien eût lieu chez les Leutenberger, ce qui semblait entériner leur rôle de plaignant («C'est à nous d'y aller, je t'assure», avait insisté Henri qui sentait vaguement qu'il y avait là un problème de reconnaissance de la virilité d'un garnement qui était tout de même son fils.) Rosine sut prendre d'emblée l'avantage en attaquant sur une jeune fille si charmante apparemment à qui elle faisait toute confiance et qui en avait abusé.

— Permettez, intervint Madame Leutenberger en rougissant, Marguerite m'a tout avoué et je vous assure qu'il ne s'est rien passé d'irréparable.

Rosine avait bien réussi à retourner la situation. Henri en ressentait un sourd agacement et Monsieur Leutenberger était un peu distrait. Bien qu'il fut sincèrement inquiet pour sa fille, il était autrement préoccupé: la guerre, même si, comme tout semblait l'indiquer, elle ne devait durer que jusqu'à Noël, allait considérablement perturber ses affaires. Et puis en écoutant Rosine, il ne pouvait s'empêcher d'admirer cette femme énergique et retrouvait un peu de l'émotion fugitive de l'autre soir sur la terrasse. En outre, les Leutenberger, malgré leur réelle détermination à s'opposer à cette folie, étaient fort démunis, car Marguerite était majeure. Ils ne pouvaient donc compter que sur les Heumann qui jurèrent de tenir bon et de ne jamais donner leur consentement. Et d'ici que Georges ait vingt-et-un ans...

— J'aurais pu emmener Marguerite en croisière, dit Madame Leutenberger. Elle rêve de la Grèce depuis des années. Il en avait d'ailleurs été question, pour son Prix. Mais maintenant, évidemment, avec cette guerre...

— Cela sera pour l'année prochaine, ma chère amie, dit Monsieur Leutenberger, la guerre ne sera pas longue. Jusqu'à Noël, au plus tard.

— Croyez-vous, fit Henri, en se rapprochant de son interlocuteur, il me semblait...

— Allons, allons, mon cher ami, soyez logique. Pris entre nos troupes et les Russes, les Boches ne tiendront pas six mois. Il ne faut pas oublier l'armée russe!

— En effet, avec l'armée russe...

— Mais enfin, Henri, nous ne sommes pas ici pour parler politique!

Les deux hommes se ressaisirent. Et on se sépara, bien d'accord pour agir et pour faire front. Alice et Thérèse changèrent de professeur de piano. Marguerite, à la suite d'une scène extrêmement violente avec sa mère, partit se réfugier chez une tante en province. Georges, tout d'abord, tint bon avec courage. Puis, menacé d'un pensionnat militaire en Normandie (où je peux encore te faire enfermer malgré tes grands airs!), il parut se calmer.

Il manifesta le désir d'apprendre le chant. Il avait une belle voix, tout le monde le disait, un beau timbre de baryton qui s'annonçait et qui faisait penser à son père. Très flatté, Henri plaida sa cause auprès de Rosine. C'était, de plus, une bonne façon de lui changer les idées. Georges reçut l'autorisation d'aller prendre des leçons chez un professeur qu'Henri connaissait depuis sa jeunesse, et tout rentra peu à peu dans l'ordre.

On cessa toute relation avec les Leutenberger.

Et puis, contre toute attente, la guerre s'incrustait, et l'écho des tranchées finit par parvenir jusqu'au fond de la grande cour pavée du N° 6 de la Rue du Foin. On apprit par Emilienne qu'Edmond, le plus jeune frère de Rosine, avec lequel toute la famille était fâchée à l'époque, avait été mobilisé. Il était de la classe 05. Et puis les affaires d'Henri n'étaient pas brillantes. Qui aurait songé à acheter des meubles?

En 1915, pour la première fois depuis dix ans, il ne fut pas question de louer la villa du Pouliguen. Cela arrangeait tout le monde. Plusieurs fois, au cours de ses nuits d'insomnie, Rosine avait repensé à cette soirée chez les Leutenberger, quand Marguerite fêtait son prix du Conservatoire. Il lui semblait qu'elle avait commis ce soir-là une faute épouvantable, qu'elle s'était trouvée au bord de l'abîme et que l'histoire de Georges était un avertissement du ciel. (Et pourquoi pas la guerre elle-même ? Cette idée, toutefois, ne lui vint que beaucoup plus tard, au cours du tout dernier séjour qu'elle fit en clinique). « J'ai aguiché cet homme, songeait-elle. Je n'ai pas résisté à l'élan qui me poussait vers lui... J'ai trahi la confiance de cet être merveilleux auquel j'ai lié ma vie, et des quatre innocents qu'il m'a donnés... » Elle se levait d'un bond, marchait dans la chambre (Henri couchait presque toutes les nuits dans le fumoir). « Dieu m'a frappée pour m'avertir, à travers mes enfants-mêmes... » Elle repensait à la moustache blonde de Monsieur Leutenberger sur la terrasse de l'Avenue Kléber. « Comment ai-je pu ? » A chaque fois, la scène revécue se chargeait de péripéties inédites. Au bout de quelques mois, elle était follement amoureuse de Monsieur Leutenberger. Sans jamais rien en soupçonner, naturellement.

D'ailleurs, il n'était plus question de tout cela. La guerre, cette fois, emplissait tout. Le danseur qui avait accompagné Alice à quelques bals fut tué. Et le fils de la concierge. Et le frère de Félicie. Et le fils d'Emilienne. Et le coursier du magasin. Et encore un des ébénistes qui travaillait pour Henri depuis plus de dix ans. Et encore... Et aussi... Les affaires allaient de mal en pis. Alice et Thérèse proposèrent de travailler. Alice donnait des leçons d'anglais à domicile. Thérèse entra comme vendeuse dans un magasin de tissus Place de la République, dont la propriétaire était une payse de Madame Heumann mère. Henri était très réticent.

— Ça va la secouer un peu, disait Rosine. Elle en a besoin. A vingt ans passés, elle est vraiment trop gourde, il faut bien l'avouer. J'aime mieux la voir s'occuper utilement que de rester à la maison, les bras ballants ou de passer la journée à jouer avec le chat. Cette guerre ne va tout de même pas durer cinquante ans. Il faudra bien penser à la marier un jour. Chez Madame Meyer, elle est bien obligée de faire un effort, de vaincre sa timidité et de répondre quand on lui parle.

D'ailleurs, Thérèse était enchantée.

Quant à Georges, sa passion pour le chant ne diminuait pas.

— Il fera peut-être la carrière que je n'ai pas faite, disait Henri.

Rosine haussait les épaules avec un *pfff* méprisant :

— Il lui faudrait un coffre autrement solide.

Ainsi la vie de la famille se réorganisa après ces graves alertes. L'incident Marguerite semblait tout à fait clos. Un jour de juin 1916, Georges eut dix-huit ans. La guerre durait toujours, et ce n'était pas vraiment une fête d'avoir des fils que l'on voyait grandir avec une sorte d'appréhension confuse. Il y avait comme une course de vitesse entre l'âge des garçons et la guerre : leur vingtième anniversaire les atteindrait-il avant l'armistice ? On avait appelé la classe 16. Jusqu'où cela irait-il ? Les garçons ne s'arrêteraient pas d'avoir vingt ans, mais la mort, elle, avalerait-elle aussi la classe 17, la 18, la 19, la 20 ? Certains, même, pour conjurer l'angoisse, s'engageaient, devançaient leur destin, couraient à la rencontre de leur obus, celui qui de toute façon, les aurait rejoints un peu plus tard.

Georges avait beaucoup grandi au cours de ces deux années. Il avait fait un apprentissage chez son oncle Charles. Il était nerveux et taciturne. Parfois, il chantait et Alice l'accompagnait au piano.

Le lendemain de ses dix-huit ans, après le déjeuner, il demanda un peu solennellement une entrevue à ses parents qui prenaient le café dans le fumoir. Alice et Thérèse se *rafraîchissaient* dans leur chambre avant de retourner qui vers ses élèves, qui vers le magasin de tissus. Paul, averti par son frère, avait couru s'enfermer dans sa chambre à moitié mort de terreur. Georges entra dans le fumoir et, posément, demanda à ses parents l'autorisation d'épouser Marguerite.

Un silence stupéfait lui répondit tout d'abord. Henri et Rosine pensèrent l'un et l'autre avoir mal entendu.

Mais Georges, s'enhardissant, réitéra sa requête d'une voix plus claire.

Ce qui suivit appartient au grand répertoire classique tout autant qu'à la mémoire collective de la famille Heumann.

— Tu te moques de nous! hurla Rosine en se dressant d'un bond. Henri, il se moque de nous!

Henri était totalement abasourdi. Ignorant pour un instant les hurlements de sa femme, il tenta d'interroger son fils, de comprendre.

— Mais enfin Georges, tu as perdu la tête. Depuis deux ans... mais alors, cette histoire n'était pas terminée?

— Il nous a trompés! criait Rosine en tirant sur la chaîne d'or de son face à main qui se brisa. Il nous a trompés toutes ces années!

— Enfin tais-toi, Rosine, dit Henri d'un ton plus ferme, laisse-moi l'interroger.

Mais Georges n'avait pas besoin qu'on l'interrogeât. Il parlait de lui-même, très vite, d'une voix à laquelle la terreur et la détermination donnaient l'apparence du calme. Il n'avait pas cessé de voir Marguerite. Il rusait sur les heures des leçons de chant, sur les courses que l'oncle Charles lui donnait à faire dans Paris, sur les sorties du dimanche, sur tout. Ils se rencontraient un peu n'importe où, au début. Marguerite, plus libre, venait le rejoindre où il se trouvait. Puis, à partir de 1915, quand la surveillance s'était relâchée, ils se voyaient chez des amis de Marguerite, un couple de camarades du Conservatoire qui avaient pitié d'eux. Depuis six mois, Georges n'allait plus prendre ses leçons de chant...

Henri écoutait, écrasé. Peu à peu, une sorte de respect admiratif naissait en lui. Rosine pleurait en arrachant ses manchettes de dentelle. Voyant qu'Henri ne disait rien, elle voulut reprendre l'avantage :

— Mais tu es un monstre, dit-elle d'une voix d'abord assourdie mais qui montait peu à peu comme dans la scène de l'Aveu de *Phèdre*, un monstre de dissimulation, de luxure, de trahison ! De trahison, reprit-elle crescendo, et en pleine guerre, quand tous meurent autour de toi ! En pleine guerre ! Je vais te dire, tu n'es pas mon fils !

Cette phrase n'était pas dans sa bouche uniquement un cliché grandiloquent. Elle contenait une vérité qui lui apparaissait brusquement comme indéniable et même rassurante. Rosine était transformée en une sorte de bloc de haine, presque sans commune mesure avec l'événement. Alice, Thérèse, Paul, Félicie et la Gretchen étaient sortis dans la cour (une idée de Paul) et suivaient, terrifiés, la scène par la fenêtre entrouverte et que nul ne songeait à fermer.

— Tu n'épouseras jamais cette fille, cette traînée, cette voleuse, cette...

— Rosine, je t'en prie, articula Henri.

— Ecoutez-moi, dit Georges tranquillement. J'ai dix-huit ans. Si vous ne me donnez pas votre consentement, je m'engage, et vous ne me reverrez jamais.

Et il fondit en larmes, car quand même, il n'avait que dix-huit ans.

Henri pâlit. Rosine se dressa et tendit son bras vers la porte. Contre la fenêtre, la famille, pantelante, n'en perdait pas une miette.

— Eh bien va, prononça-t-elle d'une voix vibrante. J'aime mieux te voir mort que de te voir épouser Marguerite!

Et elle retomba, brisée, sur le sofa du fumoir.

Georges resta un moment pétrifié par l'énormité de ce qu'il venait d'entendre. Il hésita quelques secondes, puis, avec un regard égaré, un geste affolé du cou et des épaules, il passa la porte, bousculant violemment son père qui tentait de le retenir.

En vain ses sœurs, Paul, les bonnes, la Gretchen qui l'avait vu naître tentèrent-ils de l'empêcher de courir dehors comme un fou. Il répétait:

— Elle préfère me voir mort...

Dans le fumoir, Henri essayait de faire face à une terrible crise nerveuse qui convulsait Rosine. Il appelait Félicie qui ne venait pas.

Georges s'engagea et il fit tout le reste de la guerre. En 1918, après l'armistice, il fut démobilisé avec trois citations, la croix de guerre, la médaille militaire, rien qu'un petit peu gazé et sourd d'une oreille.

En juin 1919, le jour de ses vingt-et-un ans, il épousa Marguerite.

Rosine a froid dans son lit, malgré la couverture de vigogne que Thérèse et son mari lui ont rapportée autrefois d'Argentine. Elle s'en veut d'avoir ressassé cette vieille histoire qui la met toujours mal à l'aise. (Par quelle association d'idées lui est-elle venue à l'esprit ? Le froid, l'explosion du chauffe-bain...) Mais aujourd'hui, un nouvel élément lui apparaît, et cela l'intéresse. Il lui semble d'ailleurs que, cette nuit, elle voit les choses un peu différemment. C'est peut-être le fait d'entrer dans sa quatre-vingt-sixième année qui la rend enfin sage ? Elle sourit dans le noir. Finalement, elle n'avait jamais envisagé cela sous cet angle, mais dans cette histoire, Georges avait tout de même fait preuve d'un sacré caractère. Etonnant. D'autant plus étonnant que, par la suite, il n'avait absolument rien fait d'extraordinaire, se contentant d'un modeste emploi de vendeur chez Lévitan, jusqu'à ce que la grande réconciliation familiale tramée et négociée par Thérèse pendant des années, lui permît de revenir, en 1928, dans l'affaire paternelle.

« Non, pense-t-elle, je ne me suis pas trompée sur Georges. C'est un être falot, il n'a rien dans le ventre. Simplement — et c'est la conclusion définitive qu'elle donne à cette histoire — cette fille l'avait ensorcelé. »

VIII

Les nuits, maintenant, ne sont plus vraiment différentes des jours. Ou plutôt, c'est le contraire: les jours sont devenus des espèces de nuits blanchâtres, un peu plus bruyantes. A peine plus, d'ailleurs, car Rosine est de plus en plus sourde. La nuit, c'est la chambre et le lit. Le jour, le salon et le fauteuil près de la fenêtre, avec, parfois, quelques importuns en plus. Finalement, Rosine préfère la nuit. Ses visiteurs, qui lui faisaient si peur autrefois, sont, somme toute, moins gênants que ceux du jour. Elle a fini par les apprivoiser. Ils accompagnent ses insomnies, alors que ceux du jour dérangent ses rêveries. Ils la replongent dans le monde d'avant, celui de la couleur, de la saveur, de la musique, alors que les fâcheux diurnes font tout ce qu'ils peuvent pour l'en extraire et la jeter dans la fosse aux serpents du présent.

— Pourquoi ne mets-tu pas ton appareil acoustique, maman?

— Pourquoi ne venez-vous pas nous voir dimanche, mère? Paul passera vous chercher en voiture.

— Tu devrais demander à Jeanne de t'emmener jusqu'au square, grand'mère...

— Ça te changerait les idées.

Pourquoi veulent-ils tous lui *changer les idées*? Qu'est-ce qu'elles ont ses idées, qui les dérangent? Et qu'est-ce qu'ils en savent, de ses idées? Elle n'en parle à personne, d'ailleurs elles n'intéressent personne. Il n'y a plus personne.

Edmond? Il vient rarement. Avant, il se mettait au piano. Son monde, à lui, c'est Fauré, Massenet, Gounod... Mais depuis quelques années l'arthrite familiale qui déforme les mains, a atteint le benjamin des Cohen. Depuis qu'il ne joue plus, il est devenu taciturne et hargneux.

Marguerite Cohen, la veuve de Gustave? C'est une épave, une ombre, une sorte de fantôme fluet aux yeux rouges sous un chapeau à crêpe noir qu'elle porte depuis plus de dix ans et qu'elle n'ôtera jamais. Son accent du midi, qu'elle n'a jamais perdu, met une note incongrue dans cette voix balbutiante, inaudible, à jamais brisée de sanglots. Rosine allait la voir, quand elle marchait encore. Marguerite, elle, ne sort plus. Un matin d'avril 1944, les Allemands sont venus chercher son fils Jacques. Il faisait peut-être de la Résistance, on ne sait pas très bien. Il avait sans doute été dénoncé. Ne trouvant pas le fils, ils emmenèrent Gustave. Et puis ils arrêtèrent Jacques, deux jours plus tard, par hasard dans la rue, au cours d'une rafle.

A Paris, à cette époque, il n'y avait que Rosine et Alice, mortes de peur. Tous les autres, Georges et Paul et leur famille, Thérèse et sa fille, étaient réfugiés en Ardèche. Les bijoux sauvés du magasin avant la spoliation passèrent aux mains de quelques personnages qui fournissaient *des renseignements*. On sut qu'ils étaient à Drancy. Marguerite refusa de venir s'installer Rue du Foin. Si Gustave et Jacques étaient libérés, comme l'assuraient les informateurs, il fallait qu'ils la trouvent à la maison...

A la Libération, elle se rendit tous les jours à l'Hôtel Lutétia, tous les jours, du matin au soir. Même quand on ferma le centre d'accueil, elle y retourna pendant plusieurs jours. Et puis elle s'enferma chez elle, impeccable, noire et minuscule sous des cheveux très blancs. Marguerite Cohen... Rosine se souvenait de la timide jeune fille débarquée de Carpentras, et qui faisait frire les escalopes de veau dans l'huile d'olive avec des tomates...

Pourquoi veulent-ils tellement lui changer les idées ? Où iront-ils, quand ils cesseront d'exister pour elle, Guy et Marcel, et Gustave et Henri, et Emilienne qui l'impressionnait tant au début de son mariage ? Et Pauline, mon Dieu, Pauline, ma pauvre, qui m'avait prêté sa broche de diamants pour fermer mon corsage. Etait-ce une broche ? ou une barrette ? Plutôt une longue barrette, très fine. C'est Thérèse qui l'a maintenant. Pauline. Pauline... Maman. « Maman, crie Rosine, Maman ! » Une femme de quatre-vingt-cinq ans qui crie Maman en pleine nuit... Heureusement que personne ne peut l'entendre, elle serait bonne pour la clinique. Maman ! Quand je vous disais que la nuit était plus clémente que le jour. Maman ! Maman ! Rosine n'a pas appelé *Maman* depuis plus de cinquante-cinq ans. Que restera-t-il de Pauline Daltroff quand elle ne sera plus la maman de personne ? N'est-ce pas à ce moment-là, qu'on meurt pour de bon ?

— Maman, dit Rosine, oh, ma petite Maman, pourquoi n'es-tu pas là? Pourquoi sont-ils tous partis?

Même Alexandre. Rosine n'a plus peur d'Alexandre maintenant. Quand elle songe à sa vieillesse, quand elle se dit que son père a dû subir six années supplémentaires de cette nuit polaire, quand elle évoque la courte silhouette carrée qui disparaissait sous le porche, son quart de beurre à la main, Rosine n'a plus peur d'Alexandre. Pourtant, parfois, elle se souvient de sa haine. Elle l'exhume, la retape par quelques évocations choisies. Mais elle n'a plus vraiment l'impression qu'il s'agit d'elle. Voilà encore, d'ailleurs, quelque chose d'étrange: alors que dans ses souvenirs, les autres lui apparaissent vivants, entiers, réels, tactiles presque, la jeune fille ou la femme qu'elle-même avait été lui semblent comme autant de mortes successives, d'êtres rencontrés fugitivement autrefois et perdus de vue depuis si longtemps qu'ils n'ont plus ni corps ni visage. On n'est pas une femme, songeait parfois Rosine, mais une dizaine au moins de femmes successives qui écrasent la précédente, se nourrissent d'elle, et l'anéantissent. Avoir quatre-vingt-cinq ans, c'est être assise sur une pile de cadavres... Elle regarde sa main déformée par l'arthrite. Il y a longtemps déjà qu'elle ne peut plus porter ses bagues. Elle a donné les plus belles en douce à Thérèse, pour ne pas faire d'histoires quand je serai morte. Thérèse a spolié sa sœur sans moufter. C'est elle que Rosine préfère. C'est elle que Rosine aime, tout simplement. Alexandre, lui, préférait Marcel, son fils aîné. Rosine l'a toujours su. Peut-on s'empêcher d'avoir des préférences?

Pourtant, Rosine se trompe quand elle pense que tout ce qui fut est mort en elle. Les mains, bien sûr, c'est évident. Les mains de la jeune fille sont bien mortes. Et les bras ronds. Et les lèvres pleines. Et le cœur aussi. Mais tout au bas de la pile, quelque chose crie encore. Et qui criera toujours, jusqu'à la fin.

Te souviens-tu, Rosine du jour des chiens? Les chiens, c'est comme cela qu'on appelait, bêtement, les petits frisons qui sont venus à la mode vers 1889. Rosine avait dix-huit ans. Un après-midi, une camarade du collège Sophie-Germain était venue lui rendre visite. Elle arborait sous son chapeau une auréole de petites frisettes qui dansaient sur son front. Rosine en avait été subjuguée.

— Rien de plus facile, avait dit l'amie. Il suffit de couper les cheveux de devant et de mettre des papillotes. En quelques heures c'est fait. C'est la grande mode.

Rosine avait réfléchi toute la matinée du lendemain, puis elle s'était enfermée dans sa chambre avec les ciseaux, une cuvette d'eau chaude et des bandes de papier journal. Elle y était restée toute la journée, prétextant une migraine. Un quart d'heure avant le repas, elle avait ôté les papillotes. Le résultat était charmant: les cheveux trop fins de Rosine avaient docilement pris le pli et faisaient comme une mousse autour de son visage. Elle se dirigea vers la salle à manger le cœur battant. Elle avait deux minutes de retard, toute la famille était attablée.

— Ah, te voilà! dit Alexandre. Pas trop tôt.

Il leva les yeux, la vit, resta la bouche ouverte.

— Qu'est-ce que tu as sur la tête? Qu'est-ce que c'est?

— C'est mes cheveux, papa.

— Tes cheveux ? Qu'est-ce que tu as fait à tes cheveux ?

— Je les ai coupés devant, papa. C'est...

— Coupé ! hurla Alexandre. Coupé ! Une jeune fille ne coupe pas ses cheveux. Dévergondée ! De quel droit as-tu coupé tes cheveux ? File !

— Mais, Alexandre, dit timidement Pauline.

— File, te dis-je ! hurlait le père en proie à une rage inexplicable. Et saisissant un couteau sur la table, il le lança au visage de la jeune fille en criant : Va te coiffer !

Toute la table poussa un cri. Rosine porta la main à son visage, et la retira pleine de sang. Pauline se précipita. Julie, Guy et Edmond se mirent à sangloter.

Le couteau l'avait atteinte au-dessus du sourcil gauche. La plaie n'était pas profonde, mais elle saignait abondamment. Un gouffre noir s'ouvrit sous ses pas, elle s'évanouit. Alexandre appela la bonne et quitta la table. Il s'enferma dans son bureau et resta longtemps en prière, demandant à Dieu de l'éclairer sur cette violence inexplicable qui parfois s'emparait de lui. Rosine eut une sorte de fièvre cérébrale qui la garda au lit plusieurs semaines. Au médecin même on cacha la nature de la blessure. On parla d'une chute due à un évanouissement, premier symptôme de la fièvre. Rosine, protégeant inexplicablement son père, confirma devant tout le monde. Alexandre ne reparla jamais de ce drame étrange. Il offrit à Rosine, quand elle alla mieux, une montre en sautoir ornée de deux diamants sur le couvercle. La cicatrice resta. Violette pendant plusieurs années. Puis elle pâlit et finit par disparaître presque complètement dans la débâcle du visage. Quand Rosine était jeune, elle avait l'habitude de passer son doigt sur sa cicatrice. Cela lui donnait de l'énergie.

Maintenant, Rosine n'a plus besoin d'énergie. Ou plutôt si, mais d'une autre sorte. Il ne s'agit plus d'exister quotidiennement, d'accomplir les tâches que, pendant des décennies, chacun a attendu d'elle. Il s'agit désormais tout simplement de résister. Aux autres et à elle-même. Elle sait qu'elle ne devrait pas se laisser glisser ainsi sur la pente des souvenirs, parce qu'elle descend toujours plus profondément, jusqu'à l'angoisse qui la tiendra éveillée toute la nuit, comme maintenant. Pourtant, il semble que, pour cette nuit du moins, elle soit allée jusqu'au bout. De la nuit et de la pente, parce que, presque en même temps, l'aube paraît et Rosine s'endort.

Il y a, entre le mariage de Georges et la deuxième guerre, une vingtaine d'années auxquelles Rosine ne pense jamais. Ce sont pourtant celles qu'Henri appelait *les meilleures années*. Les affaires avaient repris, juste après la guerre. Bastille-Meubles, outre son grand magasin principal qui occupait, sur la Place de la Bastille, tout l'angle du Boulevard Beaumarchais jusqu'au Boulevard Richard-Lenoir, avait trois succursales, dont l'une s'était spécialisée dans le moderne. Henri avait pris des risques. Il avait, dans les années vingt, fait copier des modèles jusque dans les catalogues viennois. Mais Rosine n'avait plus l'enthousiasme de l'époque du salon Pompadour. Elle s'était même tout à fait désintéressée du magasin et des affaires de son mari. D'ailleurs, elle détestait les meubles modernes.

— C'est bien simple, avait-elle dit un jour qu'Henri avait apporté des catalogues à la maison, dans des salons pareils, on ne peut jouer que Stravinski, et encore!

Henri avait haussé les épaules, ne voyant pas le rapport. Mais il y avait longtemps qu'il avait renoncé à comprendre les goûts de sa femme et en particulier ses rapprochements et ses comparaisons. Il avait une fois pour toutes admis que Rosine était plus intellectuelle que lui, plus artiste aussi, mais trop fantasque, et qu'elle avait besoin de lui parce qu'il avait les pieds sur terre. Il avait eu tout de même du mal à admettre son intransigeance dans l'histoire de Georges. Surtout après le mariage, il lui aurait paru normal de passer l'éponge, de se réconcilier, d'aller rendre visite à la famille de Marguerite.

— Car enfin, avant la guerre, tu les appréciais beaucoup.

Et puis Georges s'était conduit en héros. Sa croix de guerre et sa médaille militaire remplissaient Henri de fierté. La détermination inébranlable de son fils l'avait également beaucoup impressionné. Il avait tenté quelques ouvertures dans ce sens vers Rosine, mais n'avait obtenu qu'une crise de nerfs. Alors il prit l'habitude d'aller rendre visite en secret au jeune couple. Il n'osa jamais en parler à sa femme, même lors de la naissance, en 1923, de leur fille Yvette, et continua à se taire après la réconciliation générale qui eut tout de même lieu, grâce à la haute diplomatie de Thérèse, en 1928. Quand Georges, parfois, essayait de l'interroger sur l'obstination incompréhensible de Rosine, il répondait invariablement:

— Mon petit, ne juge pas ta mère, elle a ses raisons sans doute.

Et Rosine, en effet, avait ses raisons, qu'elle ignorait d'ailleurs, mais auxquelles elle obéissait, aveuglément.

IX

Rosine est prête depuis une heure. Elle attend Paul en savourant quelques minutes de paix. Elle regarde le va-et-vient dans la cour de l'immeuble, très animée le dimanche matin. Certains locataires l'aperçoivent, assise à sa fenêtre, et la saluent. L'étudiant qui loue la petite chambre du sixième traverse la cour. Il vend l'*Huma-Dimanche* toutes les semaines au coin de la Rue des Tournelles et de la Rue du Pas-de-la-Mule. Quand il rentre, il lui en apporte un exemplaire, ou bien il le glisse sous la porte si la fenêtre est fermée.

Depuis la Libération, Rosine vote communiste et lit l'*Humanité-Dimanche*. La raison qu'elle donne, c'est que les communistes ont sauvé la France du nazisme, qu'ils sont les seuls à s'être conduits *proprement* pendant l'Occupation. De Gaulle? Un antisémite notoire. L'idole de Rosine, aujourd'hui, c'est Mendès-France. Et pourtant, en 36, le Front Populaire l'avait terrifiée, comme tout le monde autour d'elle. Les ouvriers du garage de la Rue de Béarn avaient accroché un drapeau rouge sur la devanture. Rosine était rentrée Rue du Foin *toute retournée.*

— Ce Blum va nous attirer des ennuis, tu verras, disait Henri qui retrouvait ses anciennes craintes du temps de l'Affaire Dreyfus. Est-ce que les juifs n'ont pas encore compris qu'il fallait se tenir tranquilles ?

Rosine approuvait, par crainte instinctive du Faubourg. Les récits terrifiants de la Commune avaient accompagné son enfance.

Mais, pendant la guerre, elle avait eu l'occasion de réfléchir. Alice y avait été pour beaucoup. Alors qu'elle passait aux yeux de toute sa famille pour une vieille fille racornie et timorée, elle avait, depuis 1933, une liaison passionnée et totalement secrète avec un juif polonais réfugié, membre du Bund, qui avait fait son éducation politique.

Clandestin, recherché, Léon avait disparu dans la tourmente de 1940, sans que rien des angoisses ni du mortel chagrin qu'elle éprouva alors ne transparût jamais dans les yeux noirs et brillants de l'ex-enfant trouvée, murée dans ses secrets et sa différence. Seulement, au cours de ces longs mois de tête-à-tête et de terreur permanents, elle avait discuté avec sa mère, utilisant habilement comme point d'appui le dreyfusisme enfoui de Rosine. Le succès avait été complet : en 1946, celle-ci qui votait pour la première fois de sa vie, avait voté communiste.

— Je suis une Rouge, disait-elle en roulant comiquement des yeux comme un cannibale. Pour une Communarde, finalement, c'est normal !

Pour ses fils, que seul leur judaïsme accidentel avait tenu écartés de Vichy où les portaient leur admiration pour le Maréchal et la pente naturelle de leurs opinions politiques, le scandale était complet.

Et la réussite d'Alice devait certainement davantage à ces divers facteurs qu'à la force convaincante de ses arguments: en se proclamant sympathisante, en signant l'appel de Stockholm et en dépliant ostensiblement l'*Humanité* à sa fenêtre, Rosine non seulement retrouvait un peu de la saveur des salons dreyfusards où l'emmenait autrefois Emilienne, mais encore, mais surtout, elle scandalisait ses fils et ses belles-filles. Rien que pour ça, si elle avait osé, elle aurait prêté son salon pour les réunions de cellule du IIIe arrondissement.

L'étudiant lui a tendu le journal à travers la fenêtre. Rosine l'a posé, bien plié à côté d'elle. Paul ne manquera pas de le remarquer en arrivant.

Denise, la femme de Paul, s'est vraiment donné du mal et ça se voit. Elle a sorti toute sa vaisselle, son argenterie, sa verrerie, les deux rallonges de la table. Ils sont quatorze. Quatorze! On l'a échappé belle, quelle émotion!

— Quand Yvette m'a téléphoné pour me dire que Camille ne pouvait pas venir avant le café, je n'ai pas réalisé tout de suite, raconte-t-elle à Alice en se laissant tomber sur une chaise. Et c'est ce matin, Lucienne qui me dit: Madame, si M. Camille ne vient pas, nous sommes treize! Mon sang n'a fait qu'un tour, j'ai rappelé Yvette, je lui ai dit: écoute, si ton mari ne vient pas, tu ne peux pas venir non plus, car si tu viens nous serons treize. Mais ma tante, me dit Yvette, Camille ne peut pas, il est de service jusqu'à trois heures! Et si je ne viens pas, que dira grand'mère?

« Grand'mère s'en fout », pense Alice, et elle secoue la tête:

— Yvette a raison, Maman est très sensible à ce genre de choses. Alors, qu'est-ce que tu as fait?

— Tu penses, j'en étais malade. Lucienne, on sonne! Elle est dans la cuisine, elle n'entend rien. Mon Dieu, ça doit être l'oncle Edmond! Micheline! Va ouvrir. Attends, si c'est l'oncle... Non c'est le sorbet, ça va, Micheline s'en occupe. Qu'est-ce que je te disais? Ah oui, alors j'en étais malade. Et Micheline qui me dit: Et la tante Julie? Non, je te jure, comme gourde celle-là! « Tu veux tuer ta grand'mère? Tu ne sais pas qu'elles sont fâchées à mort? »

— Moi, dit Margot en se rapprochant, c'est simple. Tu n'avais qu'à me téléphoner. Je ne serais pas venue et le problème était réglé.

Elles rient toutes les trois, retrouvant à soixante ans leur ancienne complicité de pensionnaires terrifiées par la même surveillante.

— Georges ne l'aurait jamais accepté, tu le sais très bien. Ah non, je vous jure, j'étais dans de beaux draps. Sans compter Paul qui se moquait de moi! Finalement, c'est Thérèse qui nous sauve en amenant sa petite-fille.

— La gamine va s'enquiquiner, dit Alice.

— Mais non. Je sortirai les vieux jouets de Micheline. Et puis le principal c'est de ne pas être treize. Tu ne te rends pas compte.

Alice hausse les épaules. Denise est d'une superstition hystérique. Elle a peur des œillets, des chats noirs, des échelles, du vert, des miroirs, du sel sur la table, de son ombre. Mais elle est si gentille.

Margot aussi, avec son visage de poupée fanée sous ses cheveux d'un blond aujourd'hui artificiel. A soixante-cinq ans, elle porte encore des cols Claudine et des chapeaux de paille, et elle continue à poser sur le monde ses yeux de porcelaine un peu vides où Georges puisa jadis la force de résister à sa mère et d'affronter la mort. Alice se sent si loin d'elles et de tous ces gens — sa famille — qui sont rassemblés dans ce salon et qui attendent l'arrivée de Rosine. «Maman va être d'une humeur exécrable», pense-t-elle avec résignation. Les humeurs de sa mère, elle les a subies pendant toute la guerre, et ça valait parfois la Gestapo!

——Enfin, quel travail de mettre sur pied un repas comme ça, je t'assure, continue Denise, tu as bien de la chance de n'avoir pas ce genre de soucis, Alice.

—— Bien de la chance, confirme Alice en écho. Mais tu as fait les choses à la perfection. Maman sera enchantée.

——Tu crois? demande Denise avec anxiété. Paul tient tellement à lui faire plaisir...

«Je sais, pense Alice. Ça fait soixante ans que nous essayons tous désespérément de lui faire plaisir. Et ce n'est pas possible. Personne n'a jamais pu.» Elle songe à ce que lui disait Léon, avant la guerre, quand elle lui parlait de sa mère: «Pourquoi cherches-tu tellement à ce que ta mère t'aime? Elle est trop frustrée pour aimer ses enfants.»

Léon avait lu Freud. Léon avait tout lu. Il avait apporté à Alice la clef d'un monde dont on ne soupçonnait pas l'existence dans les boutiques du quartier. Léon...

Denise et Marguerite bavardent. Alice se lève lourdement. Elle a beaucoup grossi depuis dix ans. Elle se laisse aller. Elle dit:

— Je vais voir s'ils arrivent, et va s'accouder à la fenêtre.

Les platanes du Boulevard Beaumarchais ont leurs nouvelles feuilles de printemps. Au bout de l'avenue, on voit la colonne de Juillet bien nette sur le ciel clair. *Sur la Place de la Bastille, au milieu de l'immensité, y'a un p'tit bonhomme qui brille, c'est l'génie d'la liberté...* Cette chanson faisait rire Léon quand elle la lui chantait.

— C'est vrai, disait-il avec son accent si doux, c'est vrai... Le génie de la liberté est en France.

Si seulement elle savait où et comment il est mort. Quand. Parfois, elle pense qu'il est peut-être en Israël et qu'il l'a oubliée. Elle ne sait pas ce qu'elle préférerait. Depuis quelque temps, elle pense à faire passer des annonces dans les journaux de là-bas. Chaque jour on voit des choses si étonnantes. Et quand on ne sait rien, on ne peut jamais cesser d'espérer...

— J'ai quand même envoyé un petit mot à cette pauvre Tante Marguerite Cohen, dit Denise derrière son dos. Par acquit de conscience. Je savais bien qu'elle ne viendrait pas, de toute façon.

Thérèse, qui a sa parfumerie pas très loin de chez elle, va la voir de temps en temps.

— Oh, elle baisse, dit-elle. Sa bonne m'a dit qu'elle avait des absences, par moments.

— Elle ne s'est jamais remise, c'est incroyable, dit encore Denise.

— Il y a des gens comme cela, qui ne surmontent pas leurs malheurs, dit Thérèse d'un ton légèrement supérieur. Moi...

Elle a perdu son mari d'un cancer en 1935.

— Ce n'est pas tout à fait la même chose, coupe Alice sans se retourner.

Et puis elle se mord les lèvres. Quel besoin a-t-elle de se mêler à cette conversation stupide, pour une fois qu'on la laissait tranquille!

— Oh toi, dit Thérèse, tu peux parler. Avec ton air de professeur! C'est si facile de donner des leçons aux autres!

— Mais je ne donne des leçons à personne...

— Oui, oui. C'est toujours toi qui sais ce qu'il faut faire ou dire. Qu'est-ce que tu en sais, hein, ajoute Thérèse, qu'est-ce que tu y connais, toi? La meilleure façon de ne pas devenir veuve, c'est encore de rester vieille fille! lance-t-elle d'un air triomphant.

« Ça, ma vieille, tu l'as bien cherché », pense Alice. Elle hausse les épaules et encaisse. « J'ai le dos large... »

— Vous n'allez pas vous chamailler, dit Georges qui s'est approché. Quoique, ajoute-t-il en souriant, ça rajeunirait tout le monde.

Thérèse s'en va d'un air offensé, voir si sa petite-fille ne fait pas de bêtises dans la chambre où elle est trop silencieuse. Alice écrase en silence sa lourde poitrine sur la barre d'appui de la fenêtre. « Je ne peux plus les supporter ». Elle voit la Citroën de Paul qui se range devant la maison. Il aide Rosine à s'en extraire laborieusement.

— Les voilà! dit-elle.

— Je vais aider grand'mère à monter l'escalier, dit Pierre, tandis qu'Alice, en regardant sa montre, se dit qu'avec un peu de chance, dans quatre heures ça sera fini.

Il faut reconnaître ce qui est, Denise n'est pas bien maligne, mais c'est une excellente pâtissière. La quiche est un régal. Rosine la félicite. Elle rougit comme une gamine (« A plus de cinquante ans ! » pense Rosine avec agacement).

— C'est un plat de famille, dit-elle. Une recette de ma grand'mère Rueff. Il faut...

Mais déjà Rosine s'est tournée vers Edmond, assis à sa droite :

— Tu te souviens de Stanislas, le photographe ? J'ai retrouvé tout un tas de photos l'autre jour. J'ai pensé que cela pourrait t'amuser. Je te les montrerai tout à l'heure, fais-moi penser.

— Il faut incorporer les blancs en neige, dit Denise à Thérèse, c'est cela qui la rend si légère.

— Evidemment, dit Thérèse, j'ai toujours fait la quiche comme ça. Chez nous... Tu n'aurais pas encore un coussin, la petite est trop basse.

— Stanislas ? dit Edmond.

Il a parfois de la peine à se souvenir des événements et des gens dont lui parle Rosine et qui précèdent la mort de sa mère. Et pourtant, pour partager ces souvenirs d'un monde englouti, Rosine n'a plus que ce témoin qui a quatorze ans de moins qu'elle.

— Stanislas ? Il fait un effort devant l'air déçu de sa sœur. Attends... Non, je crois que je ne m'en souviens plus. J'étais trop jeune quand nous allions chez lui. Mais j'aimerais bien voir les photos quand même !

— Alors Maman, tu nous fais un discours en attendant le gigot, dit Georges d'un air enjoué.

Mais Rosine, qui parle avec son frère, n'entend pas.

— Maman ! dit Paul.

Rosine n'entend pas.

— Maman, on te parle, dit Thérèse en lui touchant le bras.

Rosine sursaute :

— Qu'est-ce que tu veux ?

— C'est Georges, dit Thérèse d'une telle voix d'enfant terrifié que sa petite-fille arrête de s'empiffrer de quiche et la regarde d'un air surpris, c'est Georges qui veut te parler.

— Mais je ne voulais pas interrompre, dit Georges confus.

— Et pourtant... dit Rosine. Qu'est-ce que tu veux ?

— Vous reprendrez un peu de quiche ? dit Denise.

— Non merci, je ne mange presque pas. Mais elle est très bonne, vraiment. Alors ?

Paul saisit le relais :

— Georges voulait que tu fasses un discours en attendant le gigot, dit-il en souriant.

— Je plaisantais! s'écrie Georges.

Yvette, la fille de Georges, se penche vers son frère. C'est une blonde superbe qui ressemble à Margot sa mère. Elle a, pour l'heure, de grosses taches écarlates sur les pommettes :

— Papa tremblera devant grand'mère jusqu'à sa mort, murmure-t-elle. Regarde-les tous. Ils sont verts de trouille et le plus jeune a cinquante-cinq ans! Papa me fait vraiment de la peine.

— Laisse tomber, dit Jacques. Ça a toujours été comme ça. Elle n'a pas fini de leur en faire voir...

— Un discours ? dit Rosine. Mon père, autrefois, ne manquait jamais une occasion. Tu te souviens, Edmond, au mariage de cette pauvre Julie («Elle parle de sa sœur comme si elle était morte», pense Alice), il nous avait tellement émus en nous parlant de Maman... Oui, mon père savait faire des discours. Mais moi, qu'est-ce que vous voulez que je dise? (Pourtant, contre toute attente, l'idée de Georges la flatte. Elle refuse malgré tout, parce que cela la fatigue, et aussi parce que c'est une idée de Georges). Enfin, on verra au dessert. Demandez donc à votre oncle Edmond.

— Quelle bonne idée! s'écrie l'interpellé en hochant la tête. Tout le monde éclate de rire. L'Oncle Edmond n'a jamais dit plus de trois mots à la suite, comme chacun sait. Pendant un moment, cette tablée joyeuse ressemble vraiment à une famille, réunie par un folklore interne, compris de ses seuls membres intimes.

— L'Oncle Edmond ne parle jamais, explique le fils de Georges, Jacques, à sa jeune femme Paulette. Avant, il jouait du piano. Maintenant qu'il a de l'arthrite, il parle encore moins.

Les conversations reprennent. Denise va chercher le gigot.

— Il faudra quand même lui dire quelques mots pour son anniversaire, dit Paul à Georges.

— Ecoute, sois chic, fais-le. Tu sais bien que Maman...

— D'accord, dit Paul pour couper court.

Denise apporte le gigot sous les exclamations.

Mais Rosine, sans que personne n'y prenne garde, a quitté la table. Elle a quitté la pièce, l'appartement de son fils Paul où sa famille réunie fête son anniversaire. Quatre-vingt-cinq ans! Puisque cela semble tant les réjouir, elle leur laisse ce vieux corps brisé et déformé dont ils célèbrent la vieillesse insupportable et dégoûtante.

Et tandis que les voix des convives s'entrecroisent et s'éloignent, Rosine retrouve le monde qui est le sien, et ce dimanche d'avril 1900 où tout semblait encore possible, où le soleil qui entrait par les vitraux de l'entrée parsemait le carrelage de mosaïques colorées. Alice et Thérèse avaient de mignonnes robes écossaises et un ruban vert dans les cheveux. Alexandre leur avait apporté du sucre de pomme de Rouen. Félicie avait mis son bonnet blanc... Rosine a repensé des centaines de fois à ce dimanche, comme au jour le plus heureux de sa vie. Mais sur le moment, on ne se rend jamais compte. Le bonheur, c'est au trou qu'il laisse, à la blessure qu'il inflige en s'en allant qu'on le reconnaît. Alors on se dit, oui, j'étais heureuse à cet endroit, à cette époque, avec cet homme, j'étais heureuse puisqu'il m'est si insupportable que cela ne soit plus...

Rosine s'était donné beaucoup de peine pour que tout fût parfait. Les profiteroles venaient de chez Sureau, Place de la Bastille. Avant le gigot, on avait mangé des truites au bleu. Alexandre adorait le poisson de rivière. Le gigot avait juste un petit coup de feu, parce qu'on avait attendu Guy. On s'était finalement mis à table sans lui. Il était arrivé au milieu du repas, hagard, bredouillant une vague excuse.

— Papa, je t'en prie, avait murmuré Rosine, et Alexandre, inexplicablement, avait refermé la bouche sans rien dire. Guy s'était assis mais avait refusé l'assiette pleine que lui apportait Félicie.

— Ecoute, je ne me sens pas bien depuis ce matin, excuse-moi, Rosine, je n'ai pas faim...

Il sentait l'alcool. Rosine avait honte à cause de la famille d'Henri qui faisait unanimement semblant de rien mais n'en pensait pas moins, surtout cet hypocrite de Charles occupé à faire la cour à Julie dans un coin. Elle lui avait proposé d'aller s'allonger un moment dans le fumoir.

— Félicie ira te chercher pour le café.

Il avait accepté, au soulagement général.

Malgré cet incident et le gigot un peu cuit, ça avait été une belle journée. Le soir, après le départ de toute la famille, Henri était ravi:

— Tu nous as fait une fête magnifique, ma chérie, disait-il, en ôtant ses bottines. Tout le monde était enchanté. Tes profiteroles étaient dé—li—cieuses.

— Elles venaient de chez Sureau, c'est normal.

— On reconnaît une bonne maîtresse de maison à ce qu'elle connaît les bons fournisseurs. Ma mère l'a toujours dit.

Henri essayait plaisamment d'attraper le bas de la robe de Rosine avec son orteil. Tu vas enlever ce truc une bonne fois? Quoiqu'elle soit charmante et t'aille fort bien.

Il se leva et lui prit la taille:

— Tu as tout à fait bonne mine maintenant. On ne dirait plus du tout que tu as été malade.

— Pourtant, je suis encore fatiguée, dit Rosine en faisant passer sa robe par-dessus sa tête.

— Bien sûr, certainement. Mais ça n'y paraît pas, je t'assure, pas du tout. Tu es superbe, répétait Henri d'un ton presque suppliant.

Rosine défaisait son chignon.

— Même papa avait l'air content. Il aime bien bavarder avec ta grand'mère.

— Tu as remarqué Julie et Charles? Moi, je te dis qu'il y a anguille sous roche, tu verras...

Rosine se sentit soudain un peu contrariée:

— Je crois que tu exagères. Ton frère mérite mieux, je t'assure. Oui, oui, Julie a beau être ma sœur, je ne suis pas aveugle. Elle est sotte et envieuse et ne rendrait pas Charles heureux.

Henri fut tout surpris de la véhémence de Rosine qui, d'habitude, défendait les Cohen, tous les Cohen, contre toute apparence d'attaque ou de critique.

— Tu n'es pas très charitable, vraiment. Julie est une gamine qui n'a pas eu une vie très gaie jusqu'à présent, voilà tout. Et puis moi, ça me plairait de voir mon frère entrer dans la famille, conclut-il plaisamment en embrassant sa femme dans le cou.

La bouche d'Henri descendait le long de son épaule. Elle sentait sa moustache lui picoter la peau, et ses mains qui s'attaquaient sournoisement aux lacets du corset.

— Henri... Attends... murmura-t-elle.

Elle faillit parler du mal de tête qui l'avait saisie quand elle défaisait son chignon et qui augmentait. Mais elle se souvint qu'elle avait décidé en quittant la clinique d'être une épouse idéale. Elle saisit la main de son mari:

— Tu vas tout emmêler, laisse-moi faire, dit-elle simplement.

— Tu ne trouves pas que Maman baisse sérieusement? demande Georges à l'oreille de Paul. Elle a des absences de plus en plus fréquentes...

Il le pousse du coude et lui désigne Rosine qui regarde son verre, la fourchette dans la main, immobile.

— Maman, dit Alice doucement, Maman!

Elle lui touche la main, Rosine sursaute et la fourchette tombe par terre.

— Vous ne mangez pas votre gigot, hurle Denise dans son oreille comme s'il s'agissait de la tirer de cent ans de sommeil, il va être froid !

— Excellent, dit Rosine, merci ma petite. Il est excellent votre gigot, un peu trop cuit peut-être... Mais c'est sans importance.

— Trop cuit ? Denise pâlit et rougit. Trop cuit mon gigot ?

Elle regarde autour d'elle, éperdue. Paul et Georges discutent, ils n'ont rien entendu. L'Oncle Edmond fredonne en battant la mesure. Yvette, Jacques et Paulette pouffent.

— Quelques minutes de trop, en effet, dit Thérèse. Ah, Maman est si bonne cuisinière, rien ne lui échappe. Mais il est très bon tout de même, surtout au centre. Et puis il y a des gens qui le mangent comme ça. Les Anglais, par exemple... Tu te souviens, Alice, en Angleterre ?

— Tu ne vas pas comparer le gigot de Denise avec celui de Mrs Simpson !

Elles éclatent de rire, comme pendant leur séjour en Angleterre, en 1913. Denise est effondrée. Elle se retient pour ne pas éclater en sanglots. « Ces Heumann sont vraiment trop teignes, les filles comme la mère ! Pourquoi la vieille a-t-elle dit que mon gigot était trop cuit, alors que ce n'est manifestement pas le cas ? » Denise conclut à la malveillance pure, à la méchanceté gratuite. Comment pourrait-elle savoir que Rosine parlait d'un agneau de cinquante-six ans plus âgé que celui qui — irréprochable — trône actuellement sur sa table ?

Ignorant le petit drame de cruauté domestique qu'elle a provoqué, pour une fois innocemment, Rosine, munie d'une fourchette propre, se force à avaler quelques bouchées de viande et de haricots verts. En face d'elle, de l'autre côté de la table, il y a ses petits-enfants: les enfants de Paul, Micheline et Pierre et ceux de Georges, Yvette et Jacques. Mais Rosine est si vieille que ce ne sont même plus des enfants, eux non plus. Certains atteignent la trentaine. Rosine les confond tous les quatre. Elle ne leur a jamais prêté grande attention et Alice s'est toujours chargée de leur acheter les cadeaux adéquats aux dates appropriées. Seule Simone, la fille de Thérèse l'intéresse, comme de juste. Mais elle est en voyage aujourd'hui, et c'est pour cela que Thérèse est venue avec sa petite-fille qui n'a que cinq ans. Celle-ci aussi, Rosine la trouve mignonne. Elle dit *Oui grand'mère Non grand'mère* d'un air grave.

—Connais-tu la fable du gourmand? demande Rosine.

—Non grand'mère.

—Eh bien je vais te la dire. Viens ici.

La petite fille descend de sa pyramide de coussins. Thérèse n'est pas contente parce qu'elle n'a pas fini son gigot, mais elle n'ose rien dire.

—*Un grand-papa gâteau partageait un baba...* commence Rosine.

Tout le monde se tait. Pour la plupart des convives, il semble qu'une porte s'ouvre tout à coup sur leur enfance. Edmond cesse de tapoter la nappe en mesure.

—*...Et moi, dit Petit Paul, j'en veux trop!*

—C'est l'Oncle Paul? dit la petite fille avec son air sérieux.

Tout le monde rit.

— *Et toute la journée il fut mélancolique
et l'on disait tout bas qu'il avait la colique.*

— Mon Dieu, dit Alice, tu te souviens, Thérèse ?

— C'est une fable de Louis Ratisbonne, murmure Jacques à sa femme.

La petite fille ne connaît pas le mot colique, mais tout le monde à l'air si content qu'elle demande :

— Encore, grand'mère, encore le Petit Paul.

— Après. Tu vas fatiguer grand'mère. Maintenant, il faut finir ton assiette, dit Thérèse.

— Fiche-lui donc la paix, elle n'a plus faim, dit Rosine. Elle ne veut pas avoir la colique, n'est-ce pas ma mignonne ?

— Voilà Maman partisane de l'éducation américaine maintenant, murmure Georges en se penchant vers Margot. On aura tout vu.

Denise, ulcérée, appelle Lucienne et lui ordonne d'apporter la suite. La famille, un instant unie par la grâce des souvenirs d'enfance, se morcelle à nouveau. La petite fille a obtenu de sa grand'mère, vaincue par une autorité supérieure, la permission de sortir de table jusqu'au dessert. Elle disparaît dans la chambre.

— Si j'étais la Princesse Margaret, dit Yvette, je renoncerais à mon titre, à ma fortune, à tout, pour épouser celui que j'aime.

— Ça se discute, dit sa cousine Micheline. Tu ne connais pas les détails. Ce Townsend est quand même un drôle de type. Il a déjà été marié. Et s'il la plaquait, après ?

— Moi, dit Paulette, je la plains. Je n'aimerais pas être princesse. Et puis je trouve que la Reine exagère. Elle est trop dure.

— C'est Margaret qui est trop docile, dit Yvette. Regarde le Duc de Windsor !

— Les hommes, ce n'est pas pareil, rétorque Micheline.

Elle est triste et timide. Une jolie brune, mal arrangée, qui a tout le temps l'air d'avoir peur. Alice a écouté un instant leur conversation.

— Qu'en penses-tu, toi, Tante Alice, puisque tu es professeur d'anglais ?

— Je pense qu'il faut abolir la monarchie en Angleterre, voilà ce que je pense. Et que Margaret, si elle était vendeuse, ne casserait pas les pieds au monde avec ses affaires de cœur.

— La monarchie a pourtant du bon, intervient Georges, juste pour le plaisir de faire mousser sa sœur. A propos de politique, tu as vu, tes copains les Viets qui se jettent dans les bras des Chinois. Ah, c'est les Cocos qui peuvent être fiers, l'Indo n'est pas perdue pour tout le monde !

Mais Alice ne réagit guère. Elle regarde sa mère et se sent vaguement inquiète. Il lui semble que le vieux visage s'est encore décharné. On dirait que quelque chose aspire les chairs vers l'intérieur, les creuse, les colle davantage contre les os, de plus en plus saillants, de plus en plus présents. Comment sera sa vie, sans sa mère ? A soixante ans, Alice ne s'est jamais posé la question.

— Je voudrais bien voir le jour où tu quitteras enfin ta mère, disait Léon.

Ce jour n'arrivera jamais. C'est Rosine qui va quitter sa fille, et *l'enfant trouvée de la rue du Foin* entrera à son tour dans la vieillesse et dans la solitude.

— Je trouve que Maman n'a pas bonne mine, dit Thérèse en touchant le bras de sa sœur.

Si même Thérèse s'en aperçoit...

— C'est ce que j'étais en train de penser. Il va falloir la ramener de bonne heure. Tout ce bruit, ça la fatigue trop maintenant.

— Quel besoin y avait-il de faire tout ce tintouin? ajoute Thérèse à voix basse. C'est encore Denise qui veut se mettre en avant.

Alice acquiesce, de plus en plus lasse, de plus en plus lâche.

— Regarde-moi cette crème anglaise, continue Thérèse avec un petit rire, mais regarde-moi ça, on dirait de l'eau!

Elle se tourne vers sa mère, lui crie dans l'oreille:

— Les œufs à la neige sont vraiment délicieux, n'est-ce pas Maman...

— Délicieux, approuve Rosine, délicieux, vraiment.

Elle entend toujours mieux quand c'est Thérèse qui lui parle. C'est certainement une question de timbre de voix. Et puis c'est vrai que ces œufs à la neige sont excellents. Rosine adore les sucreries, les entremets, les tartes, les pralines. Autrefois, on se fournissait chez Sureau, Place de la Bastille... Rosine fait un signe à la bonne qui passe avec le plat.

— Encore une cuillerée, Lucienne, s'il vous plaît.

Denise rosit de plaisir.

— Tu vois, dit-elle à son mari, j'ai eu bien raison de faire des œufs à la neige. Ta mère en reprend.

— Grand'mère a repris des œufs à la neige, murmure Micheline à son frère Pierre.

— Eh bien maman doit être bien contente, elle se faisait tant de mauvais sang!

Inconsciente des émotions qu'elle provoque, Rosine savoure son dessert en évoquant avec Edmond les kouglofs de leur enfance. Autour d'elle, la famille s'est constituée sur un certain mode qui l'étonnerait bien, si elle pouvait s'en rendre compte : auprès de ses enfants attentifs à lui plaire et de ses belles-filles à jamais terrifiées, Rosine joue le rôle tenu autrefois par Alexandre, ce père si longtemps détesté et dont elle se sent maintenant si proche. Car ce poids qui courbait à la fin de sa vie les épaules massives du vieil homme lui est maintenant familier.

Ensuite, il y a le café au salon, le cadeau des petits-enfants (une couverture en laine des Pyrénées), un télégramme du Brésil de la fille de Thérèse, dont la petite-fille récite *bonne-maman en cet heureux jour*, Alice qui boit un verre de cognac, puis un deuxième, puis encore un petit dernier, et Georges, cédant aux prières conjuguées de toute la famille qui accepte de chanter quelque chose, accompagné au piano par Margot. C'est au moment de la reprise de *Lakmé–ton–doux–regard–se–voile* que Rosine laisse tomber son verre de Chartreuse. Toute la famille se précipite dans l'affolement : sa tête repose sur le dossier de la bergère, un peu en arrière, l'air heureux. Elle dort à poings fermés.

Alice l'a aidée à se mettre au lit. Elle vient de lui apporter une tisane. Rosine, que sa sollicitude agace, la rassure de son mieux.
— Mais non. Je vais bien. J'ai un peu trop mangé, ce repas était trop lourd, cette pauvre Denise a voulu trop bien faire, comme toujours. Ce qu'il me faut maintenant, c'est du calme, du silence.
— Tu es sûre que je ne ferais pas mieux d'appeler Berchet ?

— Mais non, laisse-moi tranquille, je n'ai pas besoin de médecin. Je te dis que je vais bien. Juste un peu de fatigue. Ces jeunes faisaient tant de bruit... Elle sourit en tapotant la main que sa fille a posée sur le drap : Tu sais bien pourtant que j'ai eu quatre-vingt-cinq ans aujourd'hui, vous avez fait assez d'histoires autour ! J'ai bien le droit d'être un peu fatiguée, je suis vieille après tout...

Est-ce qu'elle ne va pas enfin la laisser en paix ? Est-ce qu'elle ne va pas enfin se lever de ce fauteuil, sortir, refermer la porte de la chambre et laisser, enfin, Rosine tranquille, libre de fêter comme elle l'entend son anniversaire avec les siens ? Elle ferme les yeux.

— Bon, dit Alice, alors je te laisse. Je vais dormir ici ce soir, il n'y a pas de problème. J'attendrai que Jeanne rentre demain matin.

— C'est ça, c'est ça, dors bien.

— Je vais laisser la porte ouverte, comme ça, si tu te sens mal...

Non mais ce n'est pas possible ! On ne la laissera donc jamais en paix ?

— Ce n'est pas la peine, tu peux fermer la porte.

— Mais, maman...

— Ferme la porte !

Rosine s'est presque dressée dans son lit, malgré la fatigue qui la cloue sur ses oreillers. Alice n'insiste plus.

— Bon, bon. Je ferme. Bonsoir, Maman.

— Bonsoir ma petite fille, dit Rosine un peu honteuse de sa violente réaction.

La grosse *petite fille* de soixante ans referme la porte, et reste un moment perplexe dans le couloir. En douce, elle va tout de même aller téléphoner au Dr Berchet. On ne sait jamais...

La porte est fermée. Rosine regarde la chambre à coucher, les deux fauteuils de tapisserie avec leur petit banc de bois pour poser les pieds. Sur la cheminée de marbre noir, les photos des quatre enfants prises par Monsieur Stanislas, et, sur la table de nuit, son portrait et celui d'Henri, au moment de leurs fiançailles. Henri a l'air heureux, une moustache, un faux col... L'idée lui vient que si elle le rencontrait dans la rue aujourd'hui, elle aurait de la peine à le reconnaître. Dans ce visage tranquille, rien n'accroche le regard. Elle, elle porte cette robe montante en soie bleue parsemée de petites croix blanches, dont elle était si fière. Fermant le col, cette barrette en diamant que lui avait prêtée sa mère...

Et puis Rosine éteint la lumière, étend les mains sur le drap et ferme les yeux. Ils sont là sans doute, Pauline et Guy et Marcel et Gustave et Emilienne et même Alexandre... Ils sont là, dans l'obscurité de la chambre, qui entourent une jeune fille aux yeux trop clairs et aux cheveux désespérants. Henri, au piano, joue le duo de *Roméo et Juliette*. Elle pense à la robe verte qu'elle portera quand elle ira à l'opéra.

Bon anniversaire, Rosine!

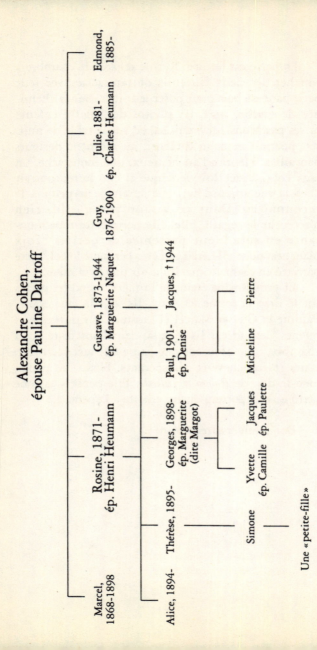

Déjà parus dans la même collection

(par ordre numérique)

001   CINGRIA Charles-Albert : *La fourmi rouge et autres textes*
002   HALDAS Georges : *Boulevard des philosophes*
003   BUACHE Freddy : *Le cinéma suisse*
004   RAMUZ Charles Ferdinand : *Adam et Eve*
005   GOTTHELF Jérémias : *L'araignée noire*
006   MERCANTON Jacques : *La Sibylle et autres nouvelles*
007   BARILIER Etienne : *Passion*
008   CRISINEL Edmond-Henri : *Œuvres*
009   MERCANTON Jacques : *L'été des sept dormants, t. 1*
010   MERCANTON Jacques : *L'été des sept dormants, t. 2*
011   DÜRRENMATT Friedrich : *La ville*
012   PINGET Robert : *Le fiston*
013   CHESSEX Jacques : *La confession du Pasteur Burg*
014   CHERPILLOD Gaston : *Le chêne brûlé*
015   GIRARD Pierre : *Amours au Palais Wilson*
016   HUGO Victor : *Voyages en Suisse*
017   ROUGEMONT Denis de : *Le paysan du Danube*
018   REYNOLD Gonzague de : *Cités et pays suisses*
019   BORGEAUD Georges : *Le préau*
020   PLATTER Thomas : *Ma vie*
021   POURTALES Guy de : *Louis II de Bavière, Hamlet-roi*
022   MONNIER Jean-Pierre : *La clarté de la nuit*
023   LANDRY Charles-François : *La devinaize*
024   CINGRIA Charles-Albert : *Florides helvètes*
025   RAMUZ Charles Ferdinand : *Jean-Luc persécuté*
026   HALDAS Georges : *La maison en Calabre*
027   ZERMATTEN Maurice : *L'homme aux herbes*
028   WIDMER Urs : *Histoires suisses*
029   KELLER Gottfried : *Roméo et Juliette au village*
030   COLOMB Catherine : *Châteaux en enfance*

031	GILLIARD/ROORDA/ROUGEMONT :	*Pamphlets pédagogiques*
032	PIROUE Georges :	*A sa seule gloire*
033	ROUD Gustave :	*Essai pour un paradis. Petit traité /.../*
034	MEYER Conrad Ferdinand :	*Le saint*
035	RIVAZ Alice :	*La paix des ruches*
036	FILIPPINI Felice :	*Seigneur des pauvres morts*
037	KUTTEL Mireille :	*La malvivante*
038	GRELLET Pierre :	*La Suisse des diligences*
039	AMIEL Henri-Frédéric :	*Philine*
040	SAINT-HELIER Monique :	*Bois-mort*
041	CHESSEX Jacques :	*Les Saintes Ecritures*
042	CENDRARS Blaise :	*Vol à voile*
043	GAUTIER Théophile :	*Impressions de voyages en Suisse*
044	FRISCH Max :	*Livret de service*
045	KUFFER Jean-Louis :	*Le pain de coucou*
046	LOETSCHER Hugo :	*Les égouts*
047	VOISARD Alexandre :	*Un train peut en cacher un autre*
048	VUILLEUMIER Jean :	*La désaffection*
049	BRAEKER Ulrich :	*Le pauvre homme du Toggenbourg*
050	SAINT-JAMES Ashley :	*Vallotton graveur*
051	RAMBERT Eugène :	*Chants d'oiseaux*
052	BICHSEL Peter :	*Le laitier*
053	METRAILLER Marie :	*La poudre de sourire*
054	DUNANT Henry :	*Un souvenir de Solférino*
055	TOEPFFER Rodolphe :	*Nouvelles genevoises, t. 1*
056	TOEPFFER Rodolphe :	*Nouvelles genevoises, t. 2*
057	RENFER Werner :	*Hannebarde et autres récits*
058	FROCHAUX Claude :	*Le lustre du Grand Théâtre*
059	CINGRIA Alexandre :	*Itinéraires autour de Locarno*
060	HALDAS Georges :	*Chronique de la rue Saint-Ours*
061	SAINT-HELIER Monique :	*Le martin-pêcheur*
062	CENDRARS Blaise :	*Dan Yack — le Plan de l'aiguille*
063	CENDRARS Blaise :	*Les confessions de Dan Yack*
064	RAMUZ Charles Ferdinand :	*Remarques*
065	FONTANET Jean-Claude :	*Mater dolorosa / L'écrivain*
066	KELLER Gottfried :	*Henri le Vert, t. 1*
067	KELLER Gottfried :	*Henri le Vert, t. 2*
068	Z'GRAGGEN Yvette :	*Un temps de colère et d'amour*
069	MARTINI Plinio :	*Le fond du sac*

070	RAMUZ Charles Ferdinand : *Ramuz vu par ses amis*
071	PERRIER Anne : *Poésies 1960-1986*
072	GROBETY Anne-Lise : *Pour mourir en février*
073	CHAPPAZ Maurice : *Pages choisies I*
074	BILLE S. Corinna : *Nouvelles et Petites Histoires*
075	DÜRRENMATT Friedrich : *Les physiciens*
076	BUENZOD Emmanuel : *Franz Schubert*
077	GIRARD Pierre : *La rose de Thuringe*
078	VOGT Walter : *Le congrès de Wiesbaden*
079	KUES Maurice : *Tolstoï vivant*
080	MERCIER Henry : *Les amusements des bains de Bade*
081	RAMUZ Charles Ferdinand : *Si le soleil ne revenait pas*
082	BARILIER Etienne : *Laura*
083	STAROBINSKI Jean : *Table d'orientation*
084	HALDAS Georges : *La légende du football*
085	ROUGEMONT D. : *La Suisse ou l'histoire d'un peuple heureux*
086	MEYER C.F. : *L'amulette / Le page de Gustave-Adolphe*
087	JUNOD Roger-Louis : *Une ombre éblouissante*
088	RAMUZ Charles Ferdinand : *Aimé Pache peintre vaudois*
089	CUNEO Anne : *Passage des panoramas*
090	THEVOZ Michel : *Louis Soutter*
091	RAMUZ Charles Ferdinand : *Passage du poète*
092	VELAN Yves : *Je*
093	VINET Alexandre : *Châteaubriand*
094	LOVAY Jean-Marc : *Le convoi du colonel Fürst*
095	BRECHBUEHL Beat : *Basile*
096	JACCOTTET Philippe : *Eléments d'un songe*
097	BIERT Cla : *Une jeunesse en Engadine*
098	ROUFF Marcel : *La vie et la passion de Dodin-Bouffant*
099	VOISARD Alexandre : *Liberté à l'aube*
100	WALZER Pierre-Olivier : *Vie des saints du Jura*
101	GODEL Vahé : *Du même désert à la même nuit*
102	POURTALES Guy de : *Nietzsche en Italie*
103	MUETZENBERG Gabriel : *Destin de la langue et de la littérature rhéto-romanes*
104	RAMUZ Charles Ferdinand : *La beauté sur la terre*
105	DERIEX Suzanne : *Les sept vies de Louise Croisier, t. 1*
106	DERIEX Suzanne : *Les sept vies de Louise Croisier, t. 2*
107	PELLATON Jean-Paul : *Ces miroirs jumeaux*

108	ORELLI Giovanni :	*L'année de l'avalanche*
109	DÜRRENMATT Friedrich :	*Romulus le Grand*
110	REYNOLD G. de :	*Le génie de Berne et l'âme de Fribourg*
111	DELARUE Claude :	*L'herméneute*
112	CHESSEX Jacques :	*La tête ouverte*
113	COMMENT Bernard :	*L'ombre de mémoire*
114	SANTSCHI Madeleine :	*Sonate*
115	CINGRIA Charles-Albert :	*La reine Berthe*
116	RAMUZ Charles Ferdinand :	*Deux lettres*
117	VALLIERE Paul de :	*Le 10 août 1792*
118	CHENEVIERE Jacques :	*Les captives*
119	FEDERSPIEL Jürg :	*Géographie du plaisir*
120	DÜRRENMATT Friedrich :	*Le météore*
121	CHERPILLOD Gaston :	*Le collier de Schanz*
122	LAEDERACH Monique :	*La femme séparée, vol. 1*
123	LAEDERACH Monique :	*La femme séparée, vol. 2*
124	WEIBEL Luc :	*Arrêt sur image*
125	BARILIER Etienne :	*Le chien Tristan*
126	ROUSSEAU J.-J. :	*Lettre à Monseigneur de Beaumont*
127	CUTTAT Jean :	*Les Chansons du mal au cœur*
128	HOHL Ludwig :	*Chemin de nuit*
129	SAFONOFF Catherine :	*La part d'Esmé*
130	GABUS Jean :	*Initiation au désert*
131	PERRELET Olivier :	*Les petites filles modèles*
132	OTTINO Georges :	*Le fils unique*
133	DÜRRENMATT Friedrich :	*Les Anabaptistes*
134	RAMUZ Charles Ferdinand :	*Les circonstances de la vie*
135	CINGRIA Charles-Albert :	*Portraits*
136	ANET Claude :	*Notes sur l'amour*
137	BONSTETTEN Ch.-Victor de :	*La Scandinavie et les Alpes*
138	JACCOTTET Philippe :	*Autriche*
139	TRAZ Robert de :	*L'esprit de Genève*
140	MASSARD Janine :	*La petite monnaie des jours*
141	ROUD Gustave :	*Air de la solitude / Campagne perdue*
142	CLAVIEN Germain :	*Un hiver en Arvèche*
143	PIROUE Georges :	*Le réduit national*
144	BIANCONI Piero :	*L'arbre généalogique*
145	CHAPPAZ Maurice :	*Pages choisies II*
146	HASLER Eveline :	*Le géant dans l'arbre*

147	DEBLUË François :	*Troubles fêtes*
148	TUOR Leo :	*Giacumbert Nau*
149	CHARRIÈRE Isabelle de :	*Trois femmes*
150	ROD Edouard :	*Là-haut*
151	BILLE S. Corinna :	*Œuvre dramatique complète I*
152	BILLE S. Corinna :	*Œuvre dramatique complète II*
153	DÜRRENMATT Friedrich :	*Notes d'un gardien et autres récits*
154	MOERI Antonin :	*Le fils à maman*
155	VUILLEUMIER Jean :	*Le rideau noir*
156	ORELLI Giovanni :	*Le jeu du Monopoly*
157	CINGRIA Charles-Albert :	*Les autobiographies de Brunon Pomposo*
158	SCHRIBER Margrit :	*Le tribunal des fumées*
159	VALBERT Gérard :	*L'Europe des Suisses*
160	SAVARY Léon :	*Le cordon d'argent*
161	CINGRIA Charles-Albert :	*Petites feuilles*
162	BERCHTOLD Alfred :	*Cinq portraits suisses*
163	HALDAS Georges :	*Gens qui soupirent, Quartiers qui meurent*
164	RAMUZ Charles Ferdinand :	*Taille de l'homme*
165	VALLOTTON Benjamin :	*Potterat revient*
166	ZELLER Francis :	*La solitude du héros*
167	MONNIER Philippe :	*Le Livre de Blaise*
168	BÜHLER Michel :	*La Parole volée*
169	FRANCILLON Clarisse :	*Béatrice et les insectes*
170	ZIMMERMANN Jean-Paul :	*Progrès de la passion / Le Pays natal*
171	INGLIN Meinrad :	*Un monde ensorcelé*
172	***. 4 poètes :	*Chappuis, Tâche, Voélin, Wandelère*
173	BERCHTOLD Alfred :	*Jacob Burckhardt*
174	DE CHAMBRIER Alice :	*Poèmes choisis*
175	FONTANET Jean-Claude :	*L'effritement*
176	FAMOS Luisa :	*Poésies / Poesias*
177	ROMAIN Jean :	*La dérive émotionnelle*

Achevé d'imprimer sur les presses de
PUBLIGRAPHIC
138, av. des Français Libres – Laval
Dépôt légal 1er semestre 1999